《クレオール》な詩人たち II

恒川邦夫

思潮社

《クレオール》な詩人たち

《クレオール》な詩人たち Ⅱ

恒川邦夫

思潮社

ハイチの首都ポール＝オ＝プランスの広場にある解放奴隷の像
ホラ貝を吹きならしている

目次

装幀＝思潮社装幀室

第Ⅵ章

ニコラス・ギエン

ニコラス・ギエン

キューバ革命の〈国民的詩人〉

ニコラス・ギエン Nicolás Guillén（一九〇二―一九八九）はキューバの詩人である。新世界のスペイン語圏は北米のメキシコから中南米諸国（グアテマラ、ニカラグア、コロンビア、ベネズエラ、ペルー、アルゼンチン、チリ等）にいたるまで広大な領域にまたがって、幾多の大詩人・散文家[1]を生み出してきた。カリブ海にも北部の大アンティル諸島にキューバ、ドミニカ共和国（ハイチとイスパニョーラ島を分有している）、プエルトリコなどスペイン語圏の島国がある。キューバはその中で最も大きく、砂糖や葉巻の通商で栄えた。十九世紀末に宗主国スペインからの独立を旗印としたホセ・マルティ[2]の蜂起。その混乱の後を受けた格好で起こった米西戦争。アメリカが勝ったことから、キューバは四百年にわたるスペインの桎梏から解放されたが、同時に、合衆国の軍政下に入った。二十世紀があけて、一九〇二年に共和国が成立。以後、富の寡占・集中が進んだが、首都ハバナは地中海の賭博の王国モナコに擬せられた「カリブ海のモンテカルロ」と呼ばれる華やかな存在となり、富裕層が訪れる歓楽の都となった。世界的な名声を博し、富を得たヘミングウェイが郊外に邸をつくり、晩年を過ごしたことでもしられる。しかし、一九五二年バチスタが軍事クーデターによって政権を奪取すると、翌年フィデル・カストロが島の東部で蜂起し、サンティアゴ・デ・クーバの「モンカダ兵営」を襲撃した。そして、紆余曲折があった末、一九五九年一月一日ハバナへ進軍して、バチスタ政権にとどめを刺した。因みにヘミングウェイは一九六〇年、病気治療を名目に、邸宅をそっくり残して帰国（革命後、旧政権下の金持ちたちは、全財産を置いていくことを条件に、出国することを許された）、翌年、自ら命を絶った。遺言により、キューバに残された財産はそっくり革命政府に寄贈され、現在、博物館として公開されている。筆者は、数年前の夏、一週間ほど、ハバナを彷徨したことがある。革命博物館には出国前にカストロと談笑するヘミングウェイの写真パネルが飾られていた。旧市街はスペイン時代の壮麗な建物（寺院、劇場）やモニュメント、また旧高級住宅街には豪壮な邸宅が随所に見られる。近寄ってみるとその多くは、革命後半世紀を経て、老朽化し、廃墟化している。しかし、それらの建物は無人のまま放置されているのではない。金持ちが出て行ったあと、論功行賞よろしく、革命の担い手に分配され、住まわれているのだ。ただ住民にも、政府にも、建物の保全をはかる意図（予算）がないように思われる。滞在中、筆者の脳裏には《La《ラ》 Ciudad《シウダ》 rota《ロタ》（壊れた都）》という文句が何度もよぎったものだ。

人間にも幼年期、青年期、中年期、老年期というさまざまな段階があるように、革命にも《時期》というものがあり、人が恋（性）に目覚めるように、社会の不正や権力の横暴に目覚める革命の「青年期」というものは美しいものである。とくにその青年期に目的（革命、「旧権力の転覆」）が達せられるような事例に遭遇すると、恋が成就したみたいに、革命は光り輝く。キューバ革命の魅力、《魔力》は、何よりもまず、そうした輝かしさにあっただろう。また同時期に、隣島ハイチでは、デュヴァリエ(3)による独裁政権が誕生していることを考えると、底辺からの民主革命は絶妙な歴史的タイミングで成功したといえるだろう。一九五九年に権力奪取に成功した革命の直接の担い手は当時三十代そこその若者たちだったが、ニコラス・ギエンはその革命の「幼年期」を知っていた世代に属する。ニコラスの父親は、カマグエイ(4)の金銀細工師で、印刷工場も持っていたが、早くから左翼の政治運動家として活動し、一九〇八年には上院議員に選出されている。しかしその七年後に、暗殺された。そのような家庭環境に育ったニコラスは、政治的には、筋金入りの左翼であり、一九三七年に共産党に入党し、キューバを離れ、スペイン市民戦争で共和派に加担した経歴を持つ。革命を担った若者たちとは、ほとんど親子ほどの年齢差があるが、詩人としての令名が高かったギエンは、革命後のキューバの文学界を支配する公的地位にまつりあげられている。そのあたりの事情を、革命後のキューバに二十年間暮らしたハイチ人ルネ・ドゥペストルの筆をかりて紹介しよう。ルネは一九四二年、まだ高等中学校の学生だったときに、ジャック・ルーマン[5]の招きでハイチにやってきたニコラス・ギエンに初めて会った。その時の彼の話と詩の朗読に魅了され、以来、ギエンの詩のとりことなった。話はそれから二人が親しい友達となって、交友を深めたあとのことである。ルネ・ドゥペストルは、自らのぞんで行ったキューバで、当初は革命に感動した「新参のキューバ人 (un Cubano más)」[6]として厚遇されながら、やがて権力批判をしたため、軟禁状態に置かれ、亡命を余儀なくされるようになる。[7]そのときのことを、回想記『混交の仕事』*Métier à tisser*[8]の中で書いている。

(…) あの頃、ニコラス・ギエンは私をUNEAC (=キューバ作家同盟) のオフィスに呼んで、腹を立てた父親みたいに私を怒鳴りつけた。彼は大真面目に、モンカダ兵舎攻撃 (一九五三) や「グランマ号」上陸 (一九五七)[9]に際して、フィデル〔・カストロ〕の傍らにいて、銃を撃たなかった者には、誰であろうと、キューバ革命政府の政治局員の行動を批判する権利はないのだと言った。そういうことは胸のうちにしまっておくことだ。つべこべ言うんじゃない。それにおまえは外国人なのだから、とも言った。かくして「新参のキューバ人」はオフィスの窓から煙となって消えてしまった……。
　おまえが足を突っ込んで、抜け出そうともがいている泥沼からおまえを引き出してやることは自分にはできない。安定した老後のことを考え始める年齢に達し、メキシコ湾を一望にする、ハバナの最も豪華なマンションの一つ (有名なソメイヤンビルの二十三階にある) と (UNEACの会長として) 運転手付きのキャデラックをあてがわれ、好きなときに、カストロ兄弟[10]のどちらかと会うことができる等々の特権を得ていたギエンは、権力者の寵愛を失うような危険はけして冒さなかったろう。私は耳を疑った。根底には、何年にもわたる親密な交流を通して培われた私に対する愛情があるので、彼としても苛立ち、動転していたのだろう。彼は私の行動は政治的慎重さを欠いていると言った。おまえはもっと状況分析において慎重かつ繊細な人間だと思っていた……。

かくしてドゥペストルはギエンと袂を分かつことになるが、ギエンの死後およそ十年経って出版されたこの回想記においても、ドゥペストルの詩人ギエンに対する敬意と賛嘆の念には変わりがない。キューバ時代に二十世紀のキューバ文学を代表する二人の作家（詩人のニコラス・ギエンと小説家のアレホ・カルペンティエル）と親しく接することができたことは生涯の喜びであると述べたうえで、ギエンについて、ドゥペストルは次のように書いている。

大変な教養人で、スペイン文学の古典やヒスパニック系のアメリカ文学をよく読んでいた。彼のスペイン語は本当に美しい。彼の言葉は、日夜、彼の口をついてでるキューバ風クレオール性[11]の流れによって洗われ、新しい味付けをされるのだ。ギエンはつとに、クレオール白人[12]経由の既成概念で箔をつけたヒスパニック系アメリカの近代主義《モデルニスム》の影響を免れていた。彼は自分自身の美学を創造し、ラテンアメリカの黒人主義《ネグリスム》の紋切り型を乗り越えることができた。ソン[13]とか、自らの黒人性が内蔵しているものから、新しい詩を創造した。それは彼以前にはどこにもなかった詩、アイロニーやカスティーリア語の美しさという観点からみた場合、前代未聞の新鮮さを備えた詩だった。ギエンについては、黒人詩だとか、白人詩だとか、あるいは混血人詩だとかいっても無益である。彼の抒情詩人の本領はさまざまなものの混交にあるが、それはスペイン語に独創的な新境地を開くもので、キューバ的であると同時に普遍的であり、二十世紀の人民の苦悩や反抗に深く呼応するものだった[14]。

ギエンの詩作は高校時代から始まるが、一九三〇年に書かれた詩集『ソンのモチーフ』*Motivos de son*、翌三一年の『ソンゴロ・コソンゴ』*Songoro Cosongo* はキューバ黒人大衆の内奥に息づいているリズム感を新鮮な言葉の配列とイメージによって引き出した、エポックメイキングな作品であった。まず、そのうちの一篇、「厚い唇の黒ん坊《ネグロ・ベンボン》」*Negro bembón* を訳してみよう。この詩は「一九三〇年の四月のある夕方、すでに床に身を横たえて、意識が覚醒と睡眠のあわいに漂って、いかにも精霊や亡霊の出現にふさわしい状態にあったとき、どこからともなく発された一つの声が耳朶を打ち、「ネグロ（黒人）」と「ベンボン（厚い唇）」という二語がはっきり弁別されて聞こえた[15]」のがきっかけとなって書かれたという。

厚い唇の黒ん坊[16]　***Negro bembón***

厚い唇の黒ん坊って
いわれたからって
その口は生まれつき、
どうしてそんなに怒るのさ、

厚い唇の黒ん坊？

唇は厚くたって、
おまえにはなんでもある
みんなのお情けで
なんでも手に入るから。

厚い唇の黒ん坊、片時も
嘆き節を忘れちゃならないよ。
仕事はなくても、金はある
厚い唇の黒ん坊。
白いズックの上下を着た
厚い唇の黒ん坊。
ツートンカラーの革靴穿いた
厚い唇の黒ん坊。

唇は厚くたって、
おまえにはなんでもある
みんなのお情けで

なんでも手に入るから！

＊

こうした大衆歌謡に通底する斬新なスタイルの詩は熱狂的な支持者と批判者の論争を引き起こした。しかし発表当時まだ二十代の若者だった詩人を勇気づけたのは、一九三一年の六月に、スペインのマドリッドから、ミゲル・デ・ウナムノ Miguel de Unamuno（一八六四—一九三六）から手紙がきたことである。ウナムノは当時すでに六十七歳、思想家・詩人・劇作家として高名であり、スペインにおける共和制主義者の良心であった。以下にその手紙を引用する(17)。

ハバナ在
ニコラス・ギエン様

親愛なる友よ、あなたの詩集『ソンゴロ・コソンゴ』を拝受し、一読して以来、お手紙をさしあげようと思いながら、長い時間が経ってしまいました。その後、詩集を再読し、友人たちにも読み聞かせ、ガルシア・ロルカがあなたのことを話すのも耳にしました。あなたの詩集が私に深い感銘を与えたことを率直に申し上げます。とくに、「ルンバ」「パパ・モンテーロの通夜」「ソンのモチーフ」です。それらの詩は私の中の詩人と言語学者を感動させました。言語は詩です。わたしはとくに黒人や混血人種《ムラートス》の言葉の音楽、リズム感に敏感です。私が愛好するアメリカ黒人詩人たちばかりではなく、キュラソーの黒人たちの混成語として知られるパピアメント——私はそれを学びました——で表現する詩人たちまで関心があります。それは肉体に宿る精神、直截の、無媒介の、大地の息吹の感覚です。それは、根底において、一つの宗教のごときものでしょう。あなたは序文の末尾で「キューバの色」ということを語っていますね。われわれはいつか世界の色、包括的な色に到達するでしょう。精神的世界人種は不断に創造されていくものです。彼らから詩が生まれるのです。あなたが「ぼくらの笑いは諸々の川や鳥の上に目覚めるだろう」と書いているのを読んで、まだあなたの詩集の存在を知らなかった去年、一九三一年の一月五日に私が書いた小さな詩をあなたにお見せしたいと思います。こんな詩です。

（詩は省略）

今日はこれまで。
いつでもお目にかかります。ここ、マドリッドでも、あるいは、いつでも、サラマンカの拙宅で。
夢を語り合う仲間の手を握る心持で、握手。

マドリッド、〔一九〕三二年六月八日
ミゲル・デ・ウナムノ

（1）ラテンアメリカ文学はガブリエル・ミストラル（チリ）、ミゲル・アンヘル・アストゥリアス（グアテマラ）、パブロ・ネルーダ（チリ）、ガルシア・マルケス（コロンビア）、オクタビオ・パス（メキシコ）とノーベル文学賞受賞者だけでも五人を数える大文学である。

（2）ホセ・マルティ José Martí（一八五三―一八九五）はキューバのスペインからの独立の為に生涯を捧げた。一八九二年にキューバ革命党を立ち上げ、一八九五年第二次独立戦争で戦死した。マルティの掲げた理念は広くラテンアメリカ世界に広がり、大きな影響力を持った。ハバナの国際空港はホセ・マルティと名付けられているし、革命広場にはそびえる塔と彫像を配したホセ・マルティ記念博物館が建てられている。

（3）フランソワ・デュヴァリエ François Duvalier（一九〇九―一九七一）は医師・民俗学者として出発したが、一九五七年にハイチ共和国大統領に選出されてから、《トントン・マクート》と名付けられた民兵組織を作り、苛烈な独裁政治を始めた。多くの政敵が捕らえられ、処刑され、あるいは追放された。亡命を選んで国外に出た知識人も多い。

（4）カマグエイ Camagüey はキューバ中部の都市。

（5）ジャック・ルーマン Jacques Roumain（一九〇七―一九四四）はハイチの作家・政治家。合衆国によるハイチの軍事支配（一九一五―一九三〇）に対する抵抗運動に早くから身を投じ、一九三三年にはハイチ共産党を秘密裏に結成した。その一方で、詩や小説を発表、民俗学的な研究にも手を染めた。代表作はハイチ農民の抱える根本問題を瑞々しい青春小説として描いた『水を支配するものたち』（一九四四）。

（6）スペイン語の原義は、外国人ではあるが、キューバ革命に感動して、新しい国の一員となるべく馳せ参じてきた者、その意味でキューバ人民にとって「プラス・ワン」となった者という意味である。

（7）ドゥペストルはそれまでの文化行政に関わる職を解かれ、行動を監視され、作家活動も制約された。一九七八年に出国、パリへ亡命。それから八年間、六十歳で定年を迎えるまでユネスコの職員として働く。

（8）René Depestre, *Le métier à métisser*, Stock, 1998. 原題は「(さまざまな糸を綯い混ぜて)布を織る織機（métier)」と「(さまざまな事象を) 混交することを旨とする仕事（métier)」の意味を重ね合わせている。以下の引用は七三 - 七四頁。

（9）メキシコに亡命したあと、チェ・ゲバラと共にヨット「グランマ号」でキューバに上陸した史実を指す。

（10）キューバは最高指導者がフィデル・カストロ、ナンバーツーが弟のラウル・カストロである。

（11）「キューバ風クレオール性（créolité à la cubaine）」というのは、仏領の島などとはまた違うが、キューバならではの仕方で旧宗主国のスペイン語とは違う、ローカル・カラーを帯びた言語の使い方を指すのであろう。新世界のスペイン語圏には、仏語圏でいうようなクレオール語は生まれなかったといわれるが、そこで話されるスペイン語はもちろんスペイン本国の国語とされるカスティーリア語とは完全には重ならない言語である。そうした偏差をもたらすものを、ドゥペストルはマルチニックから発信されたコンセプトである「クレオール性」という言葉を使って表現しているのではないかと思われる。

（12）「クレオール白人」Blancs créoles とは「新世界で生まれ育った白人」、ここではキューバ人でヨーロッパ人の血を保って混血をしていない白人のことを指すが、そうした人々がヨーロッパ産の思想を媒介する形で「モデルニスム」を打ち出したのである。

（13）「ソン（son）」はアフリカ音楽の影響が濃厚に感じられるキューバの民謡・舞踊。

（14）前掲書、七二頁。

（15）Nicolás Guillén, *En tournant la page*, mémoires traduits de l'espagnol par Annie Morvan, poèmes traduits par Claude Couffon, Actes du Sud, 1988. 引用は六四頁。

（16）本稿で翻訳するニコラス・ギエンの原詩の底本には Nicolás Guillén, Summa poética, Edición de Luis Iñigo Madrigal, Ediciones Cátedra, Letras Hispánicos, Madrid, 2000. を使用した。

（17）前掲書（注（15）参照）、六八－六九頁。

以下に訳出するのは、詩集の題名にもなり、一九三〇年公刊の詩集『ソンのモチーフ』*Motivos de son* の中では「もしもおまえが知ってたら」*Si tu supiera* という題名で発表された「ソンゴロ・コソンゴ」とウナムノの手紙の中に出てきた「ルンバ」*Rumba* と「パパ・モンテーロの通夜」*Velorio de Papá Montero* である。

ソンゴロ・コソンゴ　*Songoro Cosongo*

ああ、黒人女《ネグラ》、
もしもおまえが知ってたら！
昨夜おまえが通るのを見た
ぼくは見られたくなかった
おまえの態度は彼にもおなじ
お金がないと分かると
祭りはおしまい、ぼくの
ことなど忘れてしまう。

ソンゴロ、コソンゴ(1)
ソンゴ　べ(2)

ソンゴロ、コソンゴ
デ③　マメイ④
ソンゴロ、黒人女《ネグラ》は
踊りがうまい
ソンゴロ　デ　ウノ⑤
ソンゴロ　デ　トレ⑥

アエ、
みんな見に来い
アエ、見に行こう
見に来い、ソンゴロ　コソンゴ
ソンゴロ　コソンゴ
デ　マメイ！

ルンバ⑦　*Rumba*

ルンバは
棒で

ねっとりした音楽を
かきまわす。
ジンジャーとシナモン……
まずい！
まずい、だっていまヒモの黒ん坊が
フェラと来るから。

腰のスパイス
しなやかな、金色の尻
ルンバがうまい、
ルンバがまずい。

おまえのガウンの水中を
ぼくのすべての悩みが泳ぐ
ルンバがうまい、
ルンバがまずい。

この温かく、深い海で
難破したいと思う気持

海の
底！

おまえの足を音楽にからめろ
結び目がぼくをもっと締め付ける
おまえの小麦色の肌に
いくども降りかかる白い布

下腹部の熱狂
乾いた口の喘ぎ
ラム酒はおまえに驚嘆し
スカーフはまるで手綱だ。

馴らされたおまえを抱きとめ、
身をまかせたおまえを見る
今みたいに、逃げるなら、
ぼくの愛に向かって来い
ルンバが
うまい

おお、ぼくの愛に向かって行け、
ルンバが
まずい。

いつまでも待つんじゃない
ルンバが
うまい
祭りはいつまでも続かない
ルンバが
まずい
腰が痛むだろう
ルンバが
うまい
腰が硬く、汗ばんだ
ルンバが
まずい……

最後の
一息！

さあ止まって、急いで、帰ろう……
いくぞ！

パパ・モンテーロの通夜[8]　*Velorio de Papá Montero*

あんたは深夜からあけ方まで
あんたのギターで火をつけた
浅黒い、生気に溢れた体の盃に
サトウキビの搾り汁を注いで
死んだ白い月の下で。

音があんたから飛び散った
花梨みたいに丸く、黄褐色な音が。

飲みっぷりのいい酒飲みで、
喉越しはまるでブリキ板
ラム酒の海で漂う小舟
ドンチャン騒ぎのサラブレッド。

そいつを飲むんじゃなければ
夜なんて何すりゃいいんだ、
あんたの顔から失せた血が
一体どんな風の吹き回しで、
あんたを剣の一突きの
暗い酒蔵へ行かせたんだろう？

こんどはあんたが壊れてしまった
パパ・モンテーロ！

中庭でみんなあんたを待っていた
だけど運ばれてきたのはあんたの死体だ
酔っ払いの喧嘩だった
相手はあんたの友達だって
だけど運ばれてきたのはあんたの死体だ
凶器の姿は見えなかった
だけど運ばれてきたのはあんたの死体だ
まえにもバルドメロが死んだ

とっとと失せろ、お祭り好きのやくざものは！

たった二本の蠟燭が
わずかな闇を照らしてた。
あんたのちっぽけな死には
この二本の蠟燭で十分だ。
それより今は蠟燭よりも、
あんたの歌を飾った色シャツや
あんたのソンの妙味とか、べったり
なでつけた長髪が
あんたをしっかり照らしてる。

こんどはあんたが壊れてしまった
パパ・モンテーロ！

今日は我が家のパティオに
月が姿を現した
地球にまっすぐ落ちてきて
あそこに釘付けされている

子供たちが拾うだろう
拾って顔を洗うだろう
今夜は月を持ってきて
あんたの枕にしてやろう

（1）ソンゴロもコソンゴも擬態語。キューバ人の体に染みこんだ踊りである「ソン」という音がどちらの言葉にも含まれているのが重要だとSumma poética（注（8）参照）の編者は述べている。

（2）「べ」be は音素でリズムを刻む言葉。

（3）「デ」de はスペイン語で「の」を意味する前置詞だが、ここではリズムを刻むのが主で、本来の文法的役目は意味論的には果たしていない。

（4）「マメイ」mamey はマミーリンゴと呼ばれる赤い果肉がたっぷりした熱帯の果物。

（5）スペイン語で1を意味する。

（6）スペイン語で3（tres）を意味する。キューバ・スペイン語では末尾のsが脱落。

（7）この詩は Summa poética には収録されていないので、Nicolás Guillén, *Sóngoro Cosongo y otros poemas*, Alianza Editorial, Madrid, 1981. 所収の原詩を底本とする。

（8）底本 Summa poética の注釈にアンヘル・アウヒエルの次のようなコメントが引用されている。「これは当時大流行していた「パパ・モンテーロ」というソンの変奏とでもいうべき詩である。そのソンは地方劇団のある演目のためにエリセオ・グレネトが作曲した。演目というのはお祭り好きのある人物（架空）の死をめぐるブラック・ユーモア劇（burla fúnebre）で、死者の追悼が独特の陽気な雰囲気の中で行われるのである」（八一頁）。

＊

ルネ・ドゥペストルは回想記『混交する仕事』の中で、一九六七年に自作の「キリスト教西欧への虹の架け橋」*Un arc-en-ciel pour l'Occident chrétien* という詩が、ハバナにある文化センター「諸アメリカの家」Casa de las Americas の賞を僅差で取り損ねたエピソードを紹介している。審査委員長はニコラス・ギエンであった。最後まで残ったのはドゥペストルとスペインの詩人フェリクス・グランデで、票が伯仲し、なかなか決着がつきそうになかったとき、審査員の一人として招かれていたチェコの元文化大臣が一票を投じて決まったという話である。元文化大臣はギエンに近い人物で、投票にはギエンの慫慂があったという話が後に他の審査委員の口から洩れた。それについては、ギエンの見当違いの嫉妬心が作用したらしいというのがドゥペストルの見解（陰口）だが、事の真偽はともかく、顔見知りが賞の候補者になったとき、ありがちな話ではある。それとは別に、「諸アメリカの家」とその賞については、かねてより筆者も聞き及んでいたので、今から五年ほど前、キューバを訪れた際、機会があれば訪ねてみたいと思っていた。

二〇〇二年の九月上旬わずか十日間ほどの旅だったが、ハバナには、私が「グリッサン組」と呼んでいるカリブ海カルベ文学賞[1]の審査員をつとめている詩人のナンシー・モレホンがいる。彼女の勤務先が「諸アメリカの家」なのだ。彼女とは一九九七年十二月の第一週、カルベ賞の審査会がグアドループで開かれた折に、オブザーバーの資格で招かれた私は、ほぼ一週間民宿のようなところに泊まって、他の審査員たちと起居をともにしたことがあり、そのときに知り合った。因みに、その年は同島出身の小説家マリーズ・コンデが受賞し[2]、連絡を受けたコンデは急遽ニューヨークから帰ってきた。また「グリッサン組」のグアドループを代表する審査員は、詩人・小説家のエルネスト・ペパン[3]である。ペパンはガリマール社から刊行された第一作目の小説『棒男』*L'Homme au bâton* がこれまで数ヶ国語に訳され、「クレオール性」世代の作家の一人として注目されている。そのペパンを紹介してくれたのは、マルチニックのラファエル・コンフィアンである。ところでペパンの出発は詩人としてのそれであり、詩集『自由な言葉の燻製《ブカン》』*Boucan de mots libres* が一九九〇年の「諸アメリカの家」賞を受賞していて、ナンシー・モレホンがスペイン語に訳してキューバで出版されている。審査会から授賞式までの一連の行事が終わると、「グリッサン組」の面々はそれぞれ居住する国へ帰っていくのであるが、私はニューヨークへ戻るコンデとハバナへ帰るモレホンと空港まで同道し、パリ行きの飛行機に乗ったのを覚えている。モレホンとは翌年の三月半ば、ソルボンヌ（パリ大学）で初めてのグリッサン・シンポジウムが行われたとき、パリの「ラテンアメリカの家」Maison de l'Amérique latine で行われたシンポジウム記念の詩の朗読会でも顔を合わせた。

そうしたいきさつがあるので、それから三年半ほどの歳月が経ってはいたが、キューバ旅行を思い立ったとき、九月にハバナを訪れるのでよろしく、大学の研究者や作家に会えれば嬉しいといった趣旨のファックスを「諸アメリカの家」気付で送ったのである。しかしなしのつぶてであった。念のため、グアドループのペパンにメールを出して、連絡先が間違っていないかどうか確かめてみた。間違っていないという返事であり、彼ともしばらく音信が途絶えていて、先年のカルベ賞審査会には姿を見せなかったというのである。それでも私は楽観していた。ハバナまで行けば連絡が取れるにちがいない、と。ハバナでは旧市街からちょっと離れるが、往年の都の栄華を偲ばせるオテル・ナシオナル・デ・クーバに泊まった。短時日ではあるし、円高の時代でもあったので、いささか奮発した感じだが、現地の人と待ち合わせるには色々な意味で都合がいいのではないかと思ったからである。自宅の電話番号を聞いていたので、かけてみると、そこは実家のようで、年配の女性の声が明るく響いてきた。日本からやってきた大学の教師でナンシーと話したいと伝えたところ、ナンシーは別のところに住んでいるといって、新しい電話番号を教えてくれた。そこへ早速電話をかけてみると、今度は夫と思われる男性の声でナンシーは不在だというので、宿泊しているホテル名と部屋番号を教えて、電話をかけてくれるように伝言を頼んだ。夫の声も明るく、陽気で、気さくな感じすらあった。しかしそれから数日間ハバナの街をさまよってホテルに戻る生活を繰り返して返事を待ったが、何の音沙汰もなかった。ついに三日目か四日目になって、これ以上は待てないと思い、「諸アメリカの家」へ行ってみることにした。ホテルの周辺の道は碁盤の目状に作られている。フロントで聞いて、地図で確かめると、ホテルの正面からまっすぐ西にのびた道をどんどん行くと、アベニーダ・デ・ロス・プレシデンテスという広い通りと交差する。そこを右折して北上する。アベニーダがほぼつきて、海と対面する直前の左側に「諸アメリカの家」があることが分かった。旧市街へ行くときにはいつも乗る黄色いココ・タクシーには乗らずに、およそ二キロの道のりと見当がついたので、歩いて行くことにした。以下はたどりついた先の受付嬢とのやりとりである。

「日本からきた大学教師です。ナンシー・モレホンさんに面会したいのですが。」

受付嬢が内線電話をかける。

「今、モレホンはハイチ大使館に出かけています。」

「いつ戻られますか？　午後には戻ってこられるでしょうか？」

受付嬢が再び内線電話をかける。声が小さいのと早口なので何を言っているのか聞き取れない。しかしやがてこちらに向き直った受付嬢は無表情な顔で言うのである。

「今日の午後からモレホンは夏休みです。」

そう言ったきり、間髪をいれず、次の人の応対にうつるので、とりつくしまがない。


啞然とはこのことである。内線電話の向こう側にはいったい誰がいたのか？　モレホンかそれともモレホンの上司か？　それは分からない、しかし、後でその話をカリブ海の友人にすると、何かがあって、彼女が自由に外国人と面談することが許されていないのではないかということだった。そういうことはままある、とくに彼女のようにカルベ賞の委員などを引き受けて、頻繁に国外へ出ていくような者に対しては、突然、どこからか圧力がかかり、監視の目が光り始めるということがあるのだ、と。数年後に、ドゥペストルから、軟禁状態におかれたキューバ滞在の最後の数年間の話を聞くにおよんで、今はモレホンの身辺に何か異変があったと思うほかない。

ニコラス・ギエンの詩を紹介する文章に妙な体験談をさしはさんだが、一九九七年のグアドループにおけるカルベ賞の審査会の合間に、審査員のマクシミリアン・ラロッシュ、マイケル・ダッシュ、エルネスト・ペパン、ナンシー・モレホンと私で、島に新しくできた刑務所を訪問したことがあった。四人の読書クラブのメンバーを慰問するのが目的であったが、モレホンはニコラス・ギエンの話をした。キューバではカストロの長い「治世」が終わりに近づいているようだが、カリブ海の文学空間におけるギエンの再読にも、そうした歴史の運動の変化はなにがしかの影響をもつかもしれない、と思うしだいである。

（1）カリブ海カルベ文学賞はエドゥアール・グリッサンが審査委員長、グリッサンの支持団体の《全‐世界協会》（グアドループのジェラール・デルヴェールが会長をつとめる）が事務局となって運営される文学賞で、毎年、十二月の第一週に、マルチニック、グアドループ、仏領ギアナ（南米大陸にある仏海外県）と順に場所を移して、審査会が開かれる。審査委員の顔ぶれはカナダからリズ・ゴーヴァン（モントリオール大学）、マクシミリアン・ラロッシュ（ハイチ人、ラヴァル大学名誉教授）、トリニダードからマイケル・ダッシュ（インド系、ジャマイカの西インド大学教授を経て、現ニューヨーク大学教授）、グアドループからエルネスト・ペパン、キューバからナンシー・モレホン、ブラジルからディーバ・バルバロ・ダマート（サン・パウロ大学）といったところである。

（2）受賞対象となった作品は小説『ラ・デジラード』。

（3）エルネスト・ペパン、一九五〇年グアドループのカステル・ラマンタンに生まれる。作家として活躍する一方、県議会の文化担当部長としての職責もこなしている。

＊

ニコラス・ギエンが一九三四年に書いた長編詩「西インド株式会社」*West Indies Ltd.* を訳出して紹介しよう。

西インド株式会社　*West Indies Ltd.*

I

西インド諸島！　ココヤシの実とタバコと火酒《ラム》……
ここには黒い肌の笑い顔の人々がいる
古きを守りながらもリベラルな、
牧畜と砂糖の生産に明け暮れる、
時にはお金が湯水のように流れるが、
彼らの生活は楽だったためしがない。

ここでは太陽がすべてを焦がす
脳髄からバラの花にいたるまで。
そして真っ白なドリル地の背広の下に
ぼくらは今でも腰巻をして歩いている、
素朴で、温かい人々、奴隷と
粗野な海賊の末裔だが、
その出自は多様をきわめる、つまるところ
コロンブスが、スペインの名において、
これらの諸島に、親切にも、贈与した人々だ。

ここには白人、黒人、中国人、混血人がいる。
たしかに、それらはみんな安物の色だ、
なぜなら、さまざまな接触や契約を通して、
色々な色がかけめぐって、安定した色なんて
一つもないからさ。（反対意見がある奴は、一歩
前に出て、話してみろ。）

ここには何でもある、政党もたくさんある
演説する奴は言うよ、「こうした危機的な状況に
おいては……」ってな。
銀行もある、銀行家もいる、
立法家もいれば、株式仲買人もいる、
弁護士もジャーナリストもいる、
医者も門番もいる。

われわれにないのは何か？
いやなかったら、探しにいかせればいい。
西インド諸島！　ココヤシの実、タバコと火酒。

ここには黒い肌の笑い顔の人々がいる。

ああ、島国よ！
ああ、狭隘なる大地よ！
島々はまるでココヤシ林を乗せるためだけに
造られたみたいではないか？
オリノコ川(1)に沿って現れる大地
それはまた他の遊覧船の停泊地
船は超満員だが、乗客の中にひとりの
芸術家も、ひとりの瘋癲もいない
港にはタヒチやアフガニスタンや
ソウルから帰国する連中が
青空を食べにやって来る
バカルディ(2)で祝杯をあげながら。
港では英語が話され
イエスで始まり、イエスで終わる
（四足の雄弁家がしゃべる英語だ。）
西インド諸島！　ココヤシの実、タバコと火酒。
ここには黒い肌の笑い顔の人々がいる。

笑っちゃうな、アンティルの貴族だって、
木から木へ飛び移って先をゆくお猿さん、
ヘマをしまいと必死に演じてみるが
いつも大失敗をやらかす道化師まがいだ
笑っちゃうな、青い静脈の白人だって、
――いくら隠そうとしてもそいつは浮き出てくるさ！――
笑っちゃうな、あんたの話はきまって、純血の貴族とか、
繁栄する製糖工場とか、はちきれんばかりの金庫だ。
笑っちゃうな、真似しんぼの黒ん坊だって、
金持ちの車が通るとめん球ひんむいて
自分の皮膚が真っ黒なのを恥じている、
おまえの拳はそんなに硬いのに！
笑っちゃうな、誰もかも、お巡りも酔っ払いも、
親父も息子も、
大統領も消防士も。
笑っちゃうな、誰もかも、この世界の連中を。
ここではみんな四体の操り人形が、けばけばしい
盾形紋章に守られて、ココヤシの木の下の

四人の土人さながら、得意顔で、立ちあがると、
喝采するのだ。

Ⅱ

五分間の休憩。
ファン・エル・バルベロ吹奏楽団が
ソンを一曲演奏する。

素焼きの連隊長、
簡単に取り替えられる政治家連中
パンとバターとコーヒー……
さあソンを歌って！

役人たちはお国のために
身を捧げる用意がある
月俸二百ドルで……
さあソンを歌って！

金はヤンキーがくれるだろう

状況を立て直すために
何よりも祖国が大事だ……
さあソンを歌って！

ベテラン幹部たちは笑って
バルコニーの上から呼びかける
砂糖！　砂糖！　砂糖！
さあソンを歌って！

Ⅲ

サトウキビの——長い茎が——震えている
せまりくる鎌の刃先におびえている
太陽は燃え、空気は重苦しい。
人夫頭の叫び声が
鞭みたいに、冷たく、硬く
うなり声をあげる
するとその乞食さながらの
労働者の黒い塊の中から
一つの歌声が沸き起こる

響き渡る歌声
怒にみちた歌声
古くて新しい歌声
現代的で野蛮な歌声

——サトウキビじゃなくて首狩りだ、
バサッ、バサッ、バサッ、
サトウキビと首級に火をつけろ
そして煙を雲まで届かせろ
いつやるんだ？　いつやるんだ？
ほらおいらの鎌だ、刃があるぞ
バサッ、バサッ、バサッ、
ほらおいらの手だ、鎌があるぞ
バサッ、バサッ、バサッ、
人夫頭もおいらと一緒に
バサッ、バサッ、バサッ、
サトウキビじゃなくて首狩りだ
サトウキビと首級に火をつけろ
そして煙を雲まで届かせろ……

いつやるんだ？

そして歌はいつまでも、砂糖と
苦悶の夕暮に、
震え、輝き、燃えあがり、
日のへこんだ天井に
張りつけられていた。

Ⅳ

そして飢えは黄色い顔と
亡霊のような体がひしめく
アーケードの下を進んでいく。
飢えは市立公園の
椅子の上に陣取る
あるいは日盛りを
あるいは満月の夜を
ひしめき歩く
目がつぶれたり
記憶が失せる

酒屋では売っていない
怪しげな酒を求めて。
アンティルの飢え、
無垢な西インド諸島の苦しみ！

娼婦たちが出没する夜々
船員たちがひしめくバー
盗賊や海賊たちが
あちこちから集まってくる四つ角
モルヒネやコカインや
ヘロインの売人たちの巣窟
キャバレーでは退屈のあまり
一時のむなしい慰めに
シャンペンを抜いて
人々がうさを晴らそうとする
感傷的な梅毒を
ネオサルバルサン(3)をたよりに
癒そうとするみたいに。
未来を射止めようとして

臓腑の奥底から
生きるための
形ある定式を
引き出そうとして。
フロックを着た海賊たちは
ソレス[4]や《オロンヌの男[5]》よろしく
貧困に苛立ち
人を足蹴にして鬱憤晴らし。
彼らの手のつけられない
無法ぶりは、パンが硬いの
スープが薄いのと文句をいう
手下にはいつでもぶっぱなせるように
ライフルを手から離さないことだ！

V

五分間の休憩。
ファン・エル・バルベロ吹奏楽団が
ソンを一曲演奏する。

生きてく糧を確保するには
休まず働かなくてはならない。
生きてく糧を確保するには
休まず働かなくてはならない。
背中を曲げるよりは
頭を垂れたほうがよい。

サトウキビから砂糖を抽《と》る
コーヒーに入れる砂糖
サトウキビから砂糖を抽る
コーヒーに入れる砂糖
でも砂糖で甘くしたものは
みんな胆汁の味がする。

ぼくには家庭がない
愛する妻もいない。
ぼくには家庭がない
愛する妻もいない。
僕を見ると犬が吠える

みんな僕を呼び捨てる。

男なら、誰でもみんな
ナイフを持つべきだ。
男なら、誰でもみんな
ナイフを持つべきだ。
ぼくも男だ、ナイフを持っていた
でも監獄に置いてきたよ。

今すぐ死ねるものなら
今すぐ死ねるものなら
今すぐ死ねるものなら
ああ、母さん、とっても嬉しいよ!

そしたら、母さん、返すから
返すよ、返すよ、
そら!　返すよ、母さん、
自由を!

VI

西インド諸島！　西インド諸島！　西インド諸島！
そこに住むのは剛い頭髪の、赤銅色の肌をした、
多頭の民だ、そこでは生が、ひび割れた
乾いた土を肌につけ、地を這っている。
そこは徒刑場
男たちは足に鎖をつけている。
そこにあるのは、トラストや株式会社の奇怪な本社、
アスファルトの湖《うみ》(6)、鉄鉱山、
コーヒープランテーション、
ポート・ドック(7)、フェリーボート、十セント貨……
そこにはAll rightを連発する人種がいるが、
何一つうまくいかない。
そこにはVery wellを連発する人種がいるが、
いいことなんて何もない。
そこにいるのはMr. バビットの使用人たち。
子供をウェストポイント(8)へ留学させる人たちもいる。
Hello, babyと叫んで、チェスターフィールド(9)や

ラッキーストライクを吸っている人たちもいる。
そこにいるのはフォックス・トロットのダンサーたち、
ジャズ・バンドのボーイたち、
マイアミやパーム・ビーチの避暑客たち。
そしてバター付きパンやミルクコーヒーを
注文する人たち。

そしてまたアヘンやマリファナを吸い、
体を蝕むスピロヘータ[10]をこれみよがしに
毎週、新しい背広を仕立てさせる
梅毒病みの不条理な若者たちがいる。
そこにはポール＝オ＝プランス[11]のエリートたち、
キングストン[12]の選良、ハバナの上流階級……
しかし同時に涙ながらにオールを漕ぐ者たち、悲惨な
ガレー船の漕手、おお、悲惨なガレー船の漕手がいる。
ここにはまた、
火花を散らして硬い石を削る者たちがいる、
石から徐々に硬く握った巨人の拳が姿を現す。
乾燥した平原に赤々と火の粉を散らす者たちがいる。

「ここだ！」と叫ぶ者たちがいる、するとそれに他の
声々が応える、「ここだ！」。猛然として、
激しい攻撃の言葉で血がたぎる者たちがいる。

火花を散らして働く者たちと
どう組んだらいいのか？
彼らは今や一致団結して
あらゆる危険に立ち向かう。寛大な手で
すべてを与える。ここには黒人と白人は
兄弟だと感じる者たちがいる。
黒人は暗い穴を覗き込んで
汗みずくになっている。
白人は知っている、肉体は鞭に
弱い粘土で作られていることを、
そして長靴で踏んで辱めれば、
もっとせつない結果になることを、
なぜなら、その時、喉元から
烈しい雷が起こったような
大音声が発せられるからだ。

ここにいるのは白昼夢を見ている者たち
坑道の奥底で闘っている者たち
彼らはそこで生者と死者が叫ぶ
声を聞いている。

ここにいるのは
天啓を受けた者たち
未知のパリアたち
辱めを受けた者たち
廃嫡者たち
忘却された者たち
裸足で歩く者たち
鎖に繋がれた者たち
凍えた者たち
モーゼル銃の前で「兄弟兵士たちよ！」と叫び
撃たれて倒れ、
暗紫色の唇に一条の血を流す者たち。
（反乱が彼のあとに続かんことを！
　野蛮な旗がはためき、反乱の上に

赤々と燃え立たんことを！）

Ⅶ

五分間の休憩。
フアン・エル・バルベロ吹奏楽団が
ソンを一曲演奏する。

働かなければ、殺される
働けば、殺される
どっちにしても、殺される
殺される、いつも殺される

昨日、ぼくは見た、男が見てるのを、
生まれ出る太陽を見てるのを。
昨日、ぼくは見た、男が見てるのを、
生まれ出る太陽を見てるのを。
しかし男はにこりともしなかった、
なぜなら男には見えなかったのだ。
アイ、

盲は生きても見ていない
太陽が出るのを
太陽が出るのを
太陽が出るのを！

昨日ぼくは見た、子供が他の子と
殺し屋ごっこをしてるのを。
昨日ぼくは見た、子供が他の子と
殺し屋ごっこをしてるのを。
働く大人たちとよく似ている
子供たちがいる。
誰が大人になったときに
子供たちに言うのだろう、
大人は子供じゃないよ、と
子供じゃない
子供じゃない
子供じゃない！

働かなければ、殺される

働けば、殺される
どっちにしても、殺される
殺される、いつも殺される

Ⅷ

空高く上がった火がナイフで
夜を切り裂いた。
何にもまして純朴なココヤシが、
黄色い声で、語る、
首飾り、絹織物、耳飾り。
黒人がコーヒー豆を煎っている。
バラックに火をつける。
あちこちから風が吹き出す。
ユニオン・アメリカーナの巡洋艦が
通過する。その後に、別の一隻が
昔の海賊ドレイクの船の孫娘みたいな
大仰な竜骨をふりたてて、無垢な水を
汚して、過ぎる。
おもむろに、石の手が報復の

拳に固められる。
希望の明るい、生き生きとした音が
大地と大洋にはじける。
太陽は青い種子を孕んだ森の話をする……
英語なら、ウェスト・インディーズ、スペイン語なら、
ラス・アンティリャス。

＊Nicolás Guillén, *Sóngoro Cosongo y otoros poemas*, Alianza Editorial, S. A. Madrid, 1998.

（1）オリノコ川は南米第三の大河。全長およそ二〇六〇キロメートルで、ベネズエラの山地に源を発し、一部、コロンビアを通り、トリニダード島の南部で大きな三角州を作り、大西洋に注ぐ。
（2）キューバ産ラム酒の銘柄。
（3）サルバルサンは梅毒の特効薬として使用された薬。砒素を含むので副作用が強く、今日では使用されない。
（4）一五五五年にハバナを襲撃し、町を焼き尽くしたフランスの海賊ジャック・ド・ソレスのこと。
（5）十七世紀に活躍したフランスの海賊フランソワ・ノーのこと。フランスのヴァンデ地方の中心都市サーブル＝デ＝オロンヌ生まれから、《オロンヌの男》の異名を奉られた。ハイチの北東にある島イル・ド・ラ・トルチュを根城にスペイン人を襲った。
（6）トリニダード島の南部にあるピッチ・レイクには世界最大の埋蔵量を誇る天然アスファルトがある。

(7)レジャーボートの修理用ドックを備えた港のことか。
(8)米国ニューヨーク州南東部にある軍用地。陸軍士官学校の所在地として知られる。
(9)北米のタバコの銘柄。すぐ後ろに出てくるラッキーストライクも同様。
(10)梅毒の病原菌。
(11)ハイチ共和国の首都。クレオール語では「ポルトプランス」となるが、フランス語の発音は表記の通り。
(12)ジャマイカの首都。

*

キューバ革命が三十五歳にもみたないような若者たちの手によってなしとげられたことは、今さらながら、驚嘆にあたいするが、そのことが、中心人物の長命(フィデル・カストロは一九二七年生)とあいまって、その後半世紀あまりにおよぶ一党支配のいわば制度疲労のようなものを生み出したことはないだろうか。ただ、キューバ革命については、チェ・ゲバラという守護神がついていることも確かである。ゲバラについては夥しい書物や資料が公刊されているから、本稿でことさらに蛇足を付け加える必要はないだろうが、ハバナの革命広場に面した外務省の建物の壁面に巨大なチェ・ゲバラのネオンサイン仕立ての肖像が掲げられているのを初めて見たとき、やはり、革命を支えるには何らかの「神話装置」が必要なのであろうと感じたものである。一種の永久革命というか、祖国アルゼンチンを含む中南米諸国に革命の連鎖反応を作り出そうとして、政治権力として君臨し始めたキューバからいち早く身を引いたゲバラは、三十九歳の若さで、ボリビアの山中で処刑されて世を去った。ギエンは回想録『めくられた頁』*Paginas vueltas*[1]の中で、ハバナで行われた追悼式典について、こう書いている。

チェ〔・ゲバラ〕がラテン・アメリカにいるという噂が広まり始めていた。そしてこの巨星が堕ちたとき、我々にはそのニュースの真偽のほどが分からなかった。頭ではそれが本当だと思っていても、心ではどうか出鱈目であって欲しいと思っていたからだ。幾晩も続けて、ラジオの地方局の一つが、フィデル〔・カストロ〕をはじめとする、革命家たちの演説ばかりを流していた。そしてついにニュースが伝えられ、サスペンスに終止符が打たれた。その間に、私はチェ〔・ゲバラ〕を讃える詩を書き始めていた。夢中になって書いたので、アイデ・サンタマリアが私に彼のために詩を書いて欲しいと言ってきたときには、「アイデ、もう書いたよ。あと数行あるいは一連も書き足せば完成だ。大体できあがってるから、あとはちょっと手を入れるだけだ」と言ったくらいだ。その翌日、アイデの勧めで、私はその詩を録音した。

チェ・ゲバラの追悼式典は一九六七年十月十八日に革命広場で行われた。午後、セリア・サンチェスから電話がかかってきて、フィデルが私に話をしたいと言っているという。「ちょっと待ってね、ギエン、フィデルが出るから」。フィデル〔・カストロ〕は私にみんなの前で詩を朗読して欲しいと言った。もちろん、私は承諾したが、誇らしさと不安が入り混じった気持に襲われた。純粋にして荘重なるべき式典では、ちょっとしたヘマがすべてをぶち壊し、台無しにしてしまうからだ。

会場に着くと、ラウル・カストロ[2]が、恐らく心配していたからだろう、遅いぞと言い、私の遅刻でみんな一分間無駄にしたと言った。そしてそのまま、私は詩を手に、群集を前にした。普段とはまったく勝手がちがっていた。紹介者もいなければ、拍手もない。ただ宗教的な重圧感でおしひしがれたような沈黙があるのみだった。幸いにして、私は読み違えることもなく朗読を終えた。しかし終わると、私は不安で体が固まってしまっていた。こんなに重要な式典がこんなに簡潔に執り行われたことが信じられなかった。誰かが、アイデだったと思うが、私に詩が書かれた紙をくれと言った。そして翌日、「グランマ」紙の一面に、「チェ・コマンダンテ」*Che Commandante*が掲載され、みんなの目に触れるようになったのだ。

（1）Nicolás Guillén, *En tournant la page*, mémoires traduits de l'espagnol par Annie Morvan, poèmes traduits par Claude Couffon, Actes du Sud, 1988. 引用は二四八－二四九頁。
（2）フィデルの弟で、政権のナンバー2。

以下にその詩を訳出する。

チェ・コマンダンテ[1]　*Che Commandante*

斃れたからといって、
君の光が落ちたわけではない。
火の馬が
君のゲリラ戦士の像を

シエラ[2]の風と雲の間に支えている。
君が静かなのは
口を利かなくなったからではない。
君が焼かれたからといって
君が土に埋められたからといって
彼らが君を墓地や、森や、草原地帯《パラモ》に
隠したからといって、ぼくらはきっと
君を探しだすだろう、
チェ・コマンダンテ、
友よ。

北米は狂喜して
大笑いするだろう。しかし
たちまちドルの臥床で
身をよじることになる。
笑いは凝固して、
仮面となる。そして
君の大きな金属の
体は、アブの群れのように、

空高く上がって、数多くの
ゲリラ戦士に姿を変える。
兵士たちに傷つけられた
君の大いなる名前は
乱痴気騒ぎのただ中へ
流星が墜ちるように
アメリカの夜を照らす。

君はそれを知っていた、ゲバラ、
でも君は謙虚にも言わなかった
自分のことは言いたくなかったから、
チェ・コマンダンテ、
友よ。

君はいたるところにいた。夢と銅で
できたインディオのところにもいた。
怒り狂う群集と化した
黒人のところにもいた。
石油や硝石や恐るべき

バナナの廃棄場や巨大な
皮工場、あるいは砂糖、塩、コーヒーの
工場で働く労働者たちのところにもいた、
君は、血の通った動く彫像、彼らは
その生きた君を撃った、そんな君が
憎かったのだ、
チェ・コマンダンテ、
友よ。

キューバは君を諳《そら》んじている。まばらな
髯が生えた顔。選ばれた若者の肌に
象牙とオリーブ。堅固な声は
指揮はとっても、命令をおしつけず、
部隊を指揮し、友には優しく
隊長として優しくも堅固な声。
ぼくらが見るところ、君は日々
大臣、兵士、単純かつ気難しい
男としてふるまった。
子供のように純真、

純朴なる大人、
チェ・コマンダンテ、
友よ。

君は洗いざらしの、破れた、穴だらけの
戦闘服のまま去っていった。
森の男、それ以前は、シエラの男。半裸の
強靭な胸は銃と言葉のため、
火の嵐と緩慢なバラのため。

休むことなく。

さようなら、チェ・ゲバラ！

というよりも、このアメリカの墓穴から、
ぼくらを待っていて欲しい。君と一緒に出発するよ。
ぼくらも死にたい、君が死んだように生きるために、
君が生きるように生きるために、
チェ・ゲバラ、
友よ。

ギエンはこの詩とは別に、あと三篇チェ・ゲバラに捧げる詩を書いている。一つはブエノス・アイレスに滞在中に週刊誌の編集長に頼まれて書いたソネット「チェ・ゲバラ」、いま一つは音楽に乗せて歌うように作られた小唄風の「大いなる喪のギター」*Guitarra en duelo mayor*、いま一つは、より現代的な結構をもった自由詩である。ギエンは自分として一番気にいっているのはどれかと聞かれれば、この四番目の「日曜日に読む」*Lectura de domingo*だと言っている。小唄風とお気に入りの自由詩を訳出しよう。

大いなる喪のギター　*Guitarra en duelo mayor*

I

ボリビアの小さな兵士
おおボリビアの小兵士
銃をかついで行く、その
銃はアメリカ製、その
銃はアメリカ製、小さな
ボリビアの兵士、その
銃はノース・アメリカン。

II

銃はバリエントス[3]からもらった
おおボリビアの小兵士
その贈り物はミスター・ジョンソン[4]が
おまえに兄弟を殺すために、
兄弟を殺すためにくれたものだ、
ボリビアの小さな兵士、
兄弟を殺すためにくれたものだ。

III

死んだのは誰か知ってるな
おおボリビアの小兵士？
死んだのはチェ・ゲバラ
アルゼンチン人でキューバ人[5]
ボリビアの小さな兵士
アルゼンチン人でキューバ人

IV

彼はおまえの親友だった、
おおボリビアの小兵士、
おまえの友は貧しかったよ
オリエンテ(6)からあの高原まで、
オリエンテからあの高原まで、
ボリビアの小さな兵士、
オリエンテからあの高原まで。

Ⅴ

わたしのギターは深い喪に、
おおボリビアの小兵士、
沈んでいるが、泣いてはいない、
たとえ泣いたほうが自然でも、
たとえ泣いたほうが自然でも、
ボリビアの小さな兵士、
たとえ泣いたほうが自然でも。

Ⅵ

ギターは泣かない、なぜならば、

おおボリビアの小兵士、
今はハンカチや涙のときではない
山刀《マチェーテ》をふるうときだから、
山刀をふるうときだから、
ボリビアの小さな兵士
山刀をふるうときだから。

Ⅶ

君に支払う金のことしか、
おおボリビアの兵士、
君を売買する金のことしか、
暴君の頭にはない、
暴君の頭にはない、
ボリビアの小さな兵士、
暴君の頭にはない。

Ⅷ

さあ目をさませ、もう朝だ、
おおボリビアの小兵士、

みんなはもう起きてるぞ
お日様はとっくに出てるから、
お日様はとっくに出てるから、
ボリビアの小さな兵士、
お日様はとっくに出てるから。

Ⅸ

まっすぐ続く道を行け、
おおボリビアの小兵士
けして容易な道じゃない、
容易で平坦な道じゃない、
容易で平坦な道じゃない、
ボリビアの小兵士
容易で平坦な道じゃない。

Ⅹ

だが君は知るだろう、きっと、
おおボリビアの小兵士、
兄弟を殺すものはいないことを、

いや、いや、けして殺さない、
いや、いや、けして殺さない、
ボリビアの小さな兵士、
いや、いや、けして殺さない。

日曜日に読む　*Lectura de domingo*

私は読んだ、
日曜日、まる一日、
横になって、ぬくぬくと、
静かなベッドの中で、
柔らかな枕をして、
真っ白なシーツをかけて、
石や泥や血や
ダニや渇きや
尿や喘息(7)を
身近に感じながら。
理解できない寡黙なインディオたち、

理解できない軍人たち、
理解できない理論家たち、
理解できない労働者たち、農民たち。

読み終わったとき、
目はじっとあらぬ
方向へ注がれていた、どこか？
本は私の手の中で燃えた
私はそれを
燠火のように
胸の上に
開いておいた。
私は感じた
最後の言葉たちが
大きな暗い穴の中から
立ちのぼってくるのを。

インティ(8)、中国人《エル・チーノ》と呼ばれたパブリート(9)、
アニセート(10)、君たちの腰に巻かれた銃帯。

軍隊ラジオ、
虚偽の報道。
そしてイゲラス[11]から一里、
プラカラーから二里の
空にかかった
小さな月。
あとは、静寂。
ページはそこで止まる。
重大な事がなされる。
手早くなされる。
完遂される。
それは燃え上がる。
そして消える。
ふたたび生まれるために。

（1）「チェ」Che はアルゼンチンで人に呼びかける「おい、ねえ」という言葉としてよく使われるという。中米やキューバでは、そこから、「チェ（と呼びかける連中）」といえば、「アルゼンチン人」を指す。「コマンダンテ」は隊長（司令官）だから、この詩のタイトルは「アルゼンチン人の隊長」すなわち「ゲバラ隊長」という意味である。

(2) シエラ sierra はスペイン語で「山、山脈」。ここではボリビアの山岳地帯を形成しているアンデス山脈を指すと考えられる。
(3) チェ・ゲバラがゲリラ戦士を率いてボリビアに潜伏したときの、ボリビア大統領。
(4) 当時のアメリカ合衆国大統領リンドン・ジョンソン。
(5) チェ・ゲバラは、キューバ革命成就後、キューバ市民権を与えられた。
(6)「オリエンテ」はボリビアの東半分に広がるオリエンテ平野のこと。ボリビアは西半分が山岳地帯となり、「高地」となる。
(7) チェ・ゲバラは子供の頃から「喘息」に悩まされた。
(8) 以下に列挙されているのは、ボリビアで共にゲリラ戦を展開し、チェ・ゲバラと相前後して死んでいった仲間(部下)たちの名前である。インティはハバナでゲリラ戦の訓練を受けたボリビア共産主義青年同盟のリーダー、インティ・ペレード。
(9)「中国人と呼ばれたパブリート」とはペルーでゲリラ活動を指導していたファン・パブロ・チャンのこと。パブリートはパブロの縮小辞(愛称)。
(10) アニセートはボリビアの農民で、ボリビア共産党の農場の世話をしていて、やがて銃を取って闘いだしたアニセート・レイナーガのこと。
(11) チェ・ゲバラが逮捕されて、処刑された終焉の地の村の名前「ラ・イゲラ」(higuera はスペイン語で「イチジクの意)をギエンは複数形でイゲラスとしている。

第Ⅶ章

ジャック・ルーマン

ジャック・ルーマン

現代ハイチ文学の〈父〉

「クレオール文芸」といわれる文学の源流がカリブ海の仏語圏の島々にあり、《ネグリチュード（黒人性）》、《アンティヤニテ（カリブ海性）》、《クレオリテ（クレオール性）》といったスローガンが次々と発信されて、今日のような注目をあつめるようになったことは、すでに随所で、筆者が指摘してきたことである。ただその際、フランス革命の余波で暴動を起こし、一八〇四年という例外的に早い時点で植民地のくびきをふりほどいて、世界初の黒人共和国となったハイチがはたしてきた先駆的な役割については、いま少し、具体的事例をもって紹介する必要があるだろう。その皮切りとして、現代ハイチ文学の祖と仰がれる詩人・小説家ジャック・ルーマン Jacques Roumain（一九〇七―一九四四）についていくらか記し、その初期詩篇からいくつかを訳出することにしよう。

生没年を一瞥して分かるように、ジャック・ルーマンの人生は三十七年と二ケ月あまりのごく短いものであった。父親は大地主、母親は共和国大統領をつとめたタンクレード・オーギュストの娘というハイチきっての名家の長男として生まれた。首都ポール＝オ＝プランスの名門高等中学校サン＝ルイ・ドゴンザグを経て、スイスへ留学し、ベルンやチューリッヒで学んだ。高等中学校から大学へかけてのジャック・ルーマンは我の強い、議論好きの青年、教師をやりこめたりする向こう意気の強いところがある一方、ボクシングや短距離ランナーとして留学先の大学でチャンピオンになったり、記録を出したりする（陸上の百メートルで十一秒の記録を出したという）スポーツ万能の青年だったようだ。寄宿舎から郷里の友人に「真に情熱を傾けたことといえば、ショーペンハウワー、ニーチェ、ダーウィンの読書、ハイネとレナウの詩を読むことだった」と書き送っている。スイスで勉強したあと、農芸学の勉強にスペインに行くが、そこで夢中になったのは闘牛で、学業は放棄して、闘牛士の養成コースに通うありさまで、一九二七年二十歳で帰国する。そこまでのジャックはダンディーで、スポーティーなブルジョワのお坊ちゃんといったおもかげが強い。若き日のジャックは肉体的にも恵まれ、何拍子もそろった、名家の御曹司というのにふさわしい存在であったことが、彼を知る人々の証言からも分かる。

ハイチは一九一五年から一九三〇年まで米国の軍事的占領下にあった。若きジャック・ルーマンのジャーナリストとしての活動は占領下のハイチにおける政治腐敗を糾弾することから始まった。帰国して一年後の一九二八年には「ハイチ愛国青年同盟」を結成し、むきだしの政権批判を展開し、年末に仲間と一緒に逮捕される。これを皮切りに、ルーマンの政治的コミットメントは次第にエスカレートして、一九三四年にはハイチ共産党の創設にかかわり、八月に逮捕され、同年十二月から一九三六年六月まで投獄される。獄中のルーマンの解放を求めて、米国ではラングストン・ヒューズが先頭に立って「ジャック・ルーマン解放委員会」を立ち上げ、「ハイチの文学者の中で他に抜きん出た才能をもつ」ジャック・ルーマンの即時解放を求めたアッピールをリリース、同文の仏訳が、フランスの左翼系の雑誌のいくつかにも掲載されたという。

出獄後も警察の監視の目はひかり、一九三六年にはハイチ共産党が非合法になって、ルーマンは国外追放に処せられた格好でベルギーに移り住む。一九三七年にはキューバのニコラス・ギエン、アメリカのラングストン・ヒューズと共に、パリで開かれた「文化の擁護のための作家会議」に出席、発言する。一九三八年になると、パリで、左翼系の雑誌『視線』*Regards* に掲載された論文「ハイチの悲劇」がドミニカ共和国の大統領トルヒージョの名誉毀損にあたるとする訴えが起こされ、パリの軽罪裁判所で裁かれ、「執行猶予付き禁固十五日、罰金三百フラン」の判決が下された。この背景には季節労働者として隣国ドミニカ共和国に行った数百人のハイチ人労働者が虐殺された事件があり、その責任がドミニカ共和国の独裁者トルヒージョとそれを黙認したハイチ共和国大統領ステニオ・ヴァンサンにあることを訴えたのがルーマンの論文である。この事件は後の世代の小説家ジャック・ステファン・アレクシの『お日さま大将』*Compère Général Soleil* で扱われることになる。[1] 一九三九年、大戦の予兆の下に、家族をハイチに戻し、ルーマン自身はさらにグアドループ、マルチニック、マイアミ、ニューヨーク、ハバナを遍歴して、一九四一年五月に帰国、六年におよぶ亡命生活に終止符を打った。時あたかも、エリー・ルスコが大統領に選ばれて、政権が変わったころであり、そのことが幸いしたといわれる。

帰国後没するまでの三年あまりは、一つにはフランスの人類学者アルフレッド・メトロー Alfred Métraux（『ハイチのヴードゥー』*Le Voudou haïtien*[2]（一九五八）などの著作がある）との出会いを契機とした人類学・民俗学的研究・教育（プライス＝マルス博士と共に「民俗学研究所」を創立）と、一九四二年に政府から任命された「メキシコ駐在ハイチ代理大使」の職務をまっとうすることに費やされた。一九四三年夏に病が重篤であるというニュースが流れたあと、一時回復し、帰国して静養したあと、再びメキシコに帰任。一九四四年夏には、ハバナ経由で帰国、ハバナではニコラス・ギエンと会っている。しかし帰国後十日あまり経った八月十八日午前十時、ジャック・ルーマンは帰らぬ人となった。毒殺、マラリア、十二指腸潰瘍、悪性貧血など死因については憶測がとびかったようであるが、侍医の証言として「肝硬変」を挙げる者もいる。いずれにしても、仮に彼が生き延びても、その後のハイチの政治状況はルーマンに再び反体制的な政治活動を許すことはなかったであろうと思われる。ハイチにはやがて医師で、民俗学研究にも関心を寄せていた独裁者フランソワ・デュヴァリエが台頭してくる。そのデュヴァリエは一九〇九年生まれで、ジャック・ルーマンとほぼ同世代である。二〇〇三年に公刊されたルーマンの『全集』（全一巻）にも作品評の書き手の一人としてデュヴァリエの文章が収録されているのが興味深い。

ジャック・ルーマンは没する年の七月七日、死の一ケ月ほど前に、今日、代表作とされる小説『水を支配するものたち』*Gouverneurs de la rosée* を脱稿している。作品は、遺稿として、同年十二月に出版され、今日に至るまでルーマンの代表作とされている。最後に、『全集』の巻頭に寄せられたルネ・ドゥペストルの序文から、ルーマンのポートレートを抜き出して、訳出しておこう。

> 私がルーマンと偶然出会ったのは一九四三年のことである。ルーマンはメキシコ駐在ハイチ代理大使の仕事から、病気の予後を養うために数週間の予定でハイチに戻ってきていた。ある午後、ペティオンヴィルへ行く道筋で、ヒッチハイクの私を拾ってくれたのだった。車の中で始まった話のつづきを家でしないかと誘ってくれた。フォークナー、ジョイス、マルロー、カフカ、ヘミングウェイ、プルースト、マヤコフスキー、ロルカ、アインシュタイン、ポール・リヴェ[3]、マルクス、グラムシ、ピカソ、ディエゴ・リベラ[4]といった名前が私の想像力の火薬に火をつけた。近代を作り出した多くの思潮が私の渇いた岸辺を潤すのだった。それはダマスへの道だった。光輝く文化人《ウオモ・ディ・クルトゥーラ》[5]が眼前に現れ、その知のすべてを私の手の届くところに差し出したのだ。それから一年たらずして、バカロレアを取ったばかりの私の意識は、悲しみに髪を振り乱した群集の中で、一個の灯油ランプさながら揺れていた。ハイチ特有の豪雨がジャック・ルーマンの三十七年間の生涯を虚無へと押し流して行った。残酷な運命が、彼が私と分かち持った知識の午後を、遺言に変えたのだ。
>
> （『全集』、p. XXI-XXII）

（1）遺稿小説『水を支配するものたち』の後を受けた形で書かれたジャック・ステファン・アレクシの小説『お日さま大将』（一九五五）、さらに時代が下って、ハイチ系移民の米国女性作家エドウィジ・ダンティカの小説『骨を耕す』*The farming of bones*（一九九八）（仏訳では「涙の甘い収穫」*La récolte douce des larmes* となっている）へと、主人公の設定や物語の展開、扱われた史実などが世代から世代へと受け継がれ、変奏されていくのが読み取れる。

（2）ジャン・プライス＝マルス Jean Price-Mars（一八七六—一九七六）はハイチの政治家、作家・民俗学者。『おじさんはかく語りき』*Ainsi parla l'oncle* などハイチにおけるアフリカ伝来の黒人文化の重要性を強調して、《アンディジェニスム（土着主義）》を提唱し、後のネグリチュード運動に先鞭をつけた。

（3）ポール・リヴェ Paul Rivet（一八七六—一九五八）はフランスの医師・人類・民俗学者。一九三七年にレヴィ＝ブリュールやマルセル・モースと共にパリに人類博物館を創立した。アメリカ原住民の研究で知られる。

（4）ディエゴ・リベラ Diego Rivera（一八八六—一九五七）はメキシコの画家・彫刻家。マルクス主義者として知られ、米国滞在中には担当した美術館の装飾作品が物議を醸したが、現代メキシコ美術の創始者として大きな影響力を持った。

（5）原文はイタリア語で uomo di cultura と書かれている。

*

以下に初期詩篇から四篇を選んで訳出する。底本には『ジャック・ルーマン全集』Jacques Roumain, *Œuvres complètes*, Edition critique coordonée par Léon-François Hoffmann, Collection Archivos, Ediciones UNESCO, 2003. を用いた。

真昼　*Midi*(1)

ヤシの木々が疲れた
風景を見張っている。オレンジの木には
太陽の熟した黄金の房が、
真っ赤な正午にたわわに実っている。
ヤシの木が一本
蒼穹の雲をひとり掃いている、
虫たちが飛び交う空、
白熱した
光線の中に
突然
生まれた
火花たち。
ぼくは聞く、
この世ならぬ花々の
香りに包まれた
沈黙のリズムを。
ぼくの魂は

鎮まらない
幻影たちの
影に
神妙に
よりそわれた
重い幾多の欲望の
接線に
引き寄せられる。

百メートル競走　*Cent mètres*(2)

四人。獣のように
体を丸めている。四人の男。
ワイヤーのようにピンと
張ったエネルギーが流れ出し、
オイルを塗った筋肉が
神経的にせめぎあう。
極度の緊張。待つことの

苦悩。さあ早く、
スターター。おおついに彼が
引き金を引き、
解放する
――我らを――用意はいいか？
ピストルの音で突如
スウィッチの入った
スクリューのような
腕は
四分の一円を描きながら
すさまじく回転する。二十メートル。
走者は全員横並び。爽快感。
歯の間に受ける
風の快楽。
五十メートル。二人が
失速。空気を細かく
切り裂く。筋肉を
大地に貼り付ける
丸太のような疲労を

伐り取る者たち。
絶望。
残りの二人は横並び。
八十メートル。一人が考える。
「抜けるか？　ああ、抜けるか？
苦しい、ぼくのこめかみを
打つ小さなハンマーの
苦しみ
ぼくの脚の困窮と
ゴールの間にあいた
黒い穴《ブラック・ホール》の
苦しみ。負けるものか。
抜くぞ。だめだ。
負けるものか。抜くぞ。」
もう一人は考える。「ああ！
疲れてきた。ああ、ぼくの
肺は苦しいキャブレター
胸に火がついたみたいだ。」
最後の力をふりしぼって

ゴールラインに体を投げ出す。
解放されたプロメテウスの
引きつった笑い。あっという
間だった。
終わった。
(翌日の新聞には、何某が
胸一つの差で勝ったとある。)
芝地は緑の新鮮な墓場だ。

闘牛 *Corrida*(3)

闘牛場の金粉、ショールの上の花々の不動の生。僧院や後宮を喚起するマンティーリャ(4)。オレンジや罵声が飛び交う。座布団貸し屋の威風堂々たる身ごなし。

情熱、民衆の腕をバネみたいに発動させる情熱。

闘牛場の魔術的な円形。そしておまえ、おおアルミリャータ、すべての光が収斂し、放射される中心となっている者よ。

この生のすべてはおまえ一人のためにある、おお小柄なインディアン!

尖った角をした死がおまえの前に立っている。飾り矢《バンデリリャ》(5)で延長された腕で、おまえは前進する。お前は太陽と敗者の心臓で養われた若きアステカの神だ。

それからおまえは走る、赤い目をした死へ向かって、おまえは死と出会い、死に触れ、おまえの若い腰のバネで死を征服する。

――おまえを上に乗せた女の腹に祝福あれ！――

砂の上に血が真紅と金色のスペインの小旗を撒き散らす。しかしおまえはそれらの小旗を足で踏んで進む。おまえは見えない階段を上って、民衆を越え、熱狂する手を越え、気絶する女たちを越えていく、口辺に曖昧な微笑を浮かべて。

それから赤いムレータ(6)を褐色の手に持って、おまえはふたたび死に向かって進み、死にわが身をさしだし、足を踏み鳴らして、いざなう、すると真っ黒な、強靭なる死が突進してくる。

するとおまえはそのまわりを回り、平然と身を保ち、かわし、ふたたび死に立ち向かう、死が息をきらし、鼻面を下げるまで。――

荘重なる瞬間、すべての身振りを凝固させる究極の時。

心臓が重く、重くのしかかる一方、咽元から飛び出しそうになる。

おお供犠の祭司、突け！

一閃！　衝撃！

怪物はよろめく、生の残りのすべてを使って、襲いくる死を振り切ろうとする。倒れ、起き上がろうと膝を立て、倒れる。

おお高貴なる死よ、高貴にして、公正なる戦いのあかつきに見出された死。

鳩が観衆の手の中で一斉に羽ばたき始める。すると、アステカ人アルミリャータ、おまえは、ウィツロポチトリ[7]の祭司さながら、厳かなる身振りで、スペイン人の観衆の熱愛に、生贄の耳を差し出す。

マドリッド、一九二六年五月

呼び声[8]　*Appel*

I

「自由」は
ウォール＝ストリートの
不渡り手形。
正義も、
権利も、
甘い言葉だが、
他の色々な言葉と一まとめに
同じ屑籠に捨てられる

II

兄弟よ、君たちは広大な戦場に累々と横たわる死体に埋もれて死んでしまったのか

戦士だった父たちのともした火を何もせずに消してしまうのか、父たちは
熱い小さな墓穴の中で安らかに眠っているわけではない、彼らは戦場のただ中で
血にまみれて横たわっているのだ、赤い太陽に向かって斃れた父たち。

男たちがやってきた、そして、彼らの唇からやさしく言葉が流れ出した。
すべての人間は兄弟ではないか？
それを聞いてぼくらは手をさしのべた
しかし彼らは彼らの白い手をひっこめ
ぼくらの顔に唾を吐いた、汚い黒ん坊、と。
兄弟よ、兄弟、君たちは死体に埋もれて死んでしまったのか？
バトランヴィル(9)、
命を捧げたおまえは門にはりつけにされた(10)
君たちの命は「報復」を呼び起こさないのか
憎悪の雄叫びを上げることはないのか
そうしたら、諸方からほら貝が吹き鳴らされるだろう。

Ⅲ

あれや
これ。

丸めた背が壁をこする
おどおどした
手は空っぽの
ポケットにつっこまれている。
あれやこれが
ぼくの痛みを
炸裂させる
ぼくの痛みは増大し
内側にエネルギーを
ためて膨れ上がる
そして憤怒の
叫び声と
なった。

ぼくは脱け出すよ。
君たちのところへ行くよ。
川を渡るよ。
浅瀬を渡ることはしない。
ぼくは

ぼくの強い怒りで
十分大きいから
ぼくは行く
ぼくの足がどこでもちゃんと
底に触れるようにして。
そしてぼくは叫ぶだろう
君たちが駆けつける
なぜなら、ぼくが死に向かって
叫んだのは
死が長い腕をのばして
引っ張ったからだ。
君たちは
草原の火事に追われた
獣たちのように
目を血走らせて
駆けつけてくる。
ぼくは笑う
白い歯をみせて
笑うだろう

笑いながら
君たちに叫ぶだろう
ハハ！　卑怯者、ハハ！　犬め
ハハ！
伏せ目の男たちめ。
火が
燃え盛り
口が
唾を吐かなければ
君たちは駆けつけないのか？
君たちの目は
つぶれ
君たちの心は
干からび
君たちの拳は
切られ
君たちは
自分の内に
自分の周りに

自分たちの間で
海を越えて
死がやってくるのを
感じないのか
死は悪態を吐き
君たちの財産を焼き
君たちの黒い額に
白い軽蔑を吐く。

聞け、おお君たち
聞け、ぼくの叫びを。
ぼくは
炎が君たちを
焼き通すことをのぞむ。
ぼくは
妊婦たちが
腹の中の
果実の芯まで
その叫びに応えて

震わせることを
のぞむ。
ぼくは
その叫びが
老人たちの血管の
赤い血を
奮い立たせることを
のぞむ
ぼくは
その叫びを聞いて
女が
肩をつかんで
厳しい言葉で
夫を家の
外に
押し出し
子供たちが
まだ力の出ない腕を
嘆いて泣き叫ぶのを

のぞむ。
ハイチよ、武器を取れ！

（1）雑誌『突破口』*La Trouée* 一九二七年七月号掲載。
（2）雑誌『土着』*La Revue indigène* 一九二七年七月号掲載。
（3）雑誌『土着』一九二七年九月号掲載。
（4）スペイン人の女性が頭からかぶるショール。
（5）闘牛で牛の肩に突き刺す飾りのついた銛。
（6）闘牛でマタドールが最後の殺しの場で使用する赤い布を張った棒、あるいはその全体（棒と布）を指していう。
（7）「ウィツロポチトリ」Huitzilopochtli はアステカ民族神話の神。毎日生まれ変わる太陽神（軍神）で、夜の星々と戦い、復活するという。名前は「左側のハチドリ」の意。
（8）一九二八年にエミール・ルーメルによって、ポール＝オ＝プランスの印刷所から「法螺貝の歌」Chanson des Lambis と一緒にプラケット（冊子）の形で出版されたが、今日、そのプラケットは発見されていないので、編者が入手した手書き原稿の詩集『吸い取り紙』Buvard をもとに活字に組んだものを本『全集』では採用している。（原注）
（9）ブノワ・バトランヴィル Benoît Batranville は一九二〇年に殺されたゲリラ部隊の隊長。（原注）
（10）殺されたゲリラ隊長の遺体は裸で門にはりつけにされ、さらしものにされた。（原注）

＊

ジャック・ルーマンの死後出版となった詩集『黒檀』*Bois-d'ébène*から、表題作の「黒檀」と「汚い黒ん坊」*Sales Nègres*の二篇を訳出する。初期詩篇からは、ルーマンの詩的資質の中核をなす抒情性・感覚性の表出が前面に出ていたが、以下に訳出する二篇はいわゆる《アンガージュマン（政治参加）》の詩である。一九三〇年代に成人した知識人層に絶大な影響を及ぼした共産主義の理念・理想は、ルーマンにも色濃く落ちている。今日からみれば、それが時代の刻印であり、いささか古びた感じ（懐かしいが、「今」風ではない）を覚えさせるものであるとしても、卓抜な比喩と繊細な感性、そして社会正義を熱望する真摯な言葉のつらなりから、ある種の清新な息吹が感じられることも否定できない。共産主義が政治体制としては崩壊し、それが前景化していた諸問題（「資本」の暴力、労働者の疎外、「地に呪われた者たち」の連帯）は未解決なまま残されているという事実が、この種の詩が今日なおアクチュアリティーを保っているゆえんであろう。

底本には『ジャック・ルーマン全集』に収録されている詩集を使用するが、そこに以下の説明があるので訳出して、引用する。「「黒檀」と「汚い黒ん坊」は一九四四年死後出版で出た小説『水を支配する者たち』の初版に「近刊」として予告されている。詩集は翌一九四五年にポール＝オ＝プランスのアンプリムリー・デシャン Imprimerie Deschamps から出版されたと思われる。恐らく、印刷所のミスで、刷り上った版に二種類あって、一つの版にはこの二篇に加えて「愛・死」*L'Amour la Mort*が収録されているが、もう一つの版には「愛・死」の代わりに「黒ん坊の新説教」*Nouveau Sermon Nègre*が収録されている。本『全集』では四篇を収録した」（『全集』、五三頁）。

なお以下に訳出する表題の「黒檀」は、奴隷船の船荷としてアフリカから新世界に運ばれてきた「黒人」を意味する婉曲語法である。この詩は「序章」*Prélude* と「しかしながら」*Pourtant* の二部構成で書かれている。

黒檀　*Bois-d'ébène*

——フランシーヌ・ブラドレー(1)へ

序章

もしこの夏が雨ばかりで退屈なら
もし空が池を雲の目蓋でふさいでしまうなら
もしヤシの木がボロ切れみたいにはためくなら
もし木々が風と霧にさからって、黒々と威風をはらうなら
もし風がサヴァンナの方へ弔歌の断片を吹き降ろすなら
もし暗闇が消えた火種の周囲にわだかまるなら
もし荒々しい翼の帆が島を難破させようとするなら
もし黄昏が別れのハンカチのちぎれた断片の飛翔を覆いかくすなら
もし叫び声が鳥を傷つけるなら
おまえは出発するだろう

おまえの村と村の言葉と
苦い味のウミブドウを後にして
村の砂地にのこされたおまえの足跡
井戸の底にしるされた夢の反映
道の曲がり角に繋がれた古い塔は
紐に繋がれた忠実な犬さながら
夕闇の中で
牧草地に罅《ひび》われた吠え声をあげている……
反抗を呼びかけて歩く黒ん坊
ギネアで売られて以来
おまえは世界中を歩き回った
ゆらめく光がおまえを呼ぶ
町外れの空の煤煙に乗り上げた
青白い丸木舟
林立する工場の煙突は
煙の葉叢でココヤシの首を切り
おどろおどろしい署名を空に記す

サイレンが鳴り、鋳物工場の

圧搾機の弁が開くと憎悪の酒が流れ出す
肩の大波、叫び声の飛沫が
あるいは路地裏に溢れ
あるいはあばら家——蜂起の醸造器——で
沈黙のうちに醗酵する

さあおまえの声に肉と血のこだまが応じるだろう
希望の黒い使者
なぜならおまえはナイルの太古の建設場の歌を皮切りに
世界のすべての歌を知っているから
おまえはすべての言葉を思い出すだろう　エジプトの石の重さ
おまえの貧困のバネが神殿の柱を立てたのだ
樹液のすすり泣きが葦の茎を屹立させるように
蜃気楼に酔ってよろめき歩く労働者の列
奴隷を運ぶキャラバンの行く道筋に
立つ
太陽に焼かれ、鎖に点綴された黒い影の痩せ衰えた枝のような一団
腕を差し伸べ我らが神々に訴える者たち
マンダング　アラダ　バンバラ　イボ(2)

苦しそうに歌をうたうが、首枷が喉元をしめつける
(海岸へたどりついたときには
マンダング　バンバラ　イボ
海岸へたどりついたときには
バンバラ　イボ
生き残ったのは
バンバラ　イボ
散逸した種子の一握りだけ
わずかな者が死の種蒔き人の掌に残っただけ)
この同じ歌が現在コンゴで歌われている
しかしいったい何時、おお　我が人民よ
燃えるエベア[3]が灰の鳥たちの嵐を蹴散らかして
おまえの手の反抗を認知するだろうか?
その歌をぼくはカリブ海で聞いた
なぜならこの歌は　黒人女
ぼくに教えてくれたのだから
この途轍もない　黒人女
苦しみの歌
黒人女　島々　黒人女　プランテーション

荒漠たる平原
貝殻の中に胸苦しい海の音がこだまするように

しかしぼくはまた沈黙も知っている
二万五千の黒人の死体の沈黙
二万五千の黒檀の枕木の沈黙

コンゴ＝オセアン鉄道のレールに敷かれた枕木
しかしぼくは知っている
糸杉の枝にかけられた沈黙の屍衣
ジョージア州のぼくの兄弟がリンチされた木の
木目についた黒い凝血の花びら
そしてアビシニア(4)の羊飼い

どんな恐怖がおまえアビシニアの羊飼いを
石のような沈黙の顔に変えてしまったのか
どんなおぞましい朝露がおまえの子羊たちを
死の牧草地の大理石の群に変えてしまったのか

否　彼を窒息させるどんな首枷もキヅタも存在しない
彼を閉じ込めるどんな牢屋も墓も存在しない
彼を嘘のガラス玉で変装させるどんな雄弁も存在しない
沈黙は

投げ槍の熱風《シムーン》(5)より鋭く切り裂く
野獣のサイクロンより烈しく咆哮する
沈黙は唸り
起ち上がり
呼ぶ
報復と懲罰を
膿と溶岩の大波が
世界の背信行為に襲いかかる
世界の鼓膜が正義のパンチで
破れる

アフリカ　ぼくは覚えているぞ　アフリカ
おまえはぼくの中にある

傷に刺さった棘のように
村の中央に飾られた護符《フェティッシュ》のように
ぼくをおまえの投石器の石とせよ
ぼくの口をおまえの傷の唇とせよ
ぼくの膝をおまえの屈従の砕かれた円柱とせよ(6)……
　しかしながらぼくはひたすら君らの種族の一員でいたい
万国の労働者と農民
ぼくらを隔てるもの
気候　広がり　空間
海
いくばくかの苔　藍色の波間に浮かぶ帆船
水平線に干された雲の洗濯物
ここには藁屋根　水の澱んだ低地《マリゴ》(7)
あそこには
高地の牧場の
氷の鋏で刈られた草原《ステップ》
ポプラ並木があやす牧草地の夢
丘の麓にかかった小川の首飾り

夏の熱気を乱打する工場の鼓動
様々な浜　様々な密林
重なり合う山脈
その上をハイタカの群が考え深く飛翔する
様々な村
それらすべてが　気候　広がり　空間
氏族　部族　民族
肌　人種　神々
ぼくらの過酷な差異を作るのか？
そして鉱山
工場
ぼくらの飢えを尻目に収奪される農作物
ぼくらに共通の権利剝奪状態
万国共通の隷属状態を作るのか？

アストリアスの鉱夫　ジョハネスバーグの黒人鉱夫
クルップ製鉄所の冶金工　カスティーリアの厳しい農民
シシリアの葡萄園労働者　インドの不可触民《パリア》
（ぼくはその——見放された——境界を越え

君の——不可触なる——手をぼくの手で包む)

ソヴィエト中国の紅衛兵　モアビット監獄[8]のドイツ人労働者
諸アメリカのインディオたち
ぼくらは建て直すだろう
コパン[9]
パレンケ[10]
社会主義のティアフアナコス[11]を
デトロイトの白人労働者　アラバマの黒人労働者
資本主義のガレー船に載せられた数知れぬ人民
運命がぼくらの肩を並べさせる
血のタブーという古い呪いを拒絶し
ぼくらはぼくらの孤独の瓦礫を踏み砕く

もし激流がぼくらを隔てるなら
ぼくらは谷間からその枯渇することのない
髪の毛を引き抜くだろう
もし高山がぼくらを隔てるなら
ぼくらはアンデスの高峰を形作る

火山の顎を砕くだろう
そして平野はあけぼのを望むテラスとなるだろう
ぼくらはそこに雇い主たちの策略によって
四散された力を結集する
個々の目鼻立ちの矛盾が
顔立ちの調和のうちに溶解するように

ぼくらは地球上のすべての人民の
苦しみと反抗の統一を宣言する

そして偶像たちが地にまみれる中で
友愛の時代を築くモルタルを捏ね上げるのだ。

ブリュッセル、一九三九年六月[12]

（1）フランシーヌ・ブラドレー Francine Bradley はニューヨーク在住の政治学教授ライマン・ブラドレーの妻で、「ジャック・ルーマン釈放委員会」の事務局を務めていた女性。夫妻はニューヨークにルーマンが来たときには自宅に泊めた。献辞はそのような人間関係を背景に書かれたものと思われる。

（2）ここに列挙されているのはすべて黒人アフリカの民族名。

(3) 原文 hivee となっているが、原注に「こういう語は存在しないので、ルーマンは hivers（「冬」）あるいは heveas（「パラゴム（の木）」）と書くつもりだったのではないか」とある。訳者としては、後者の解釈を採用。ただし訳語は原文の音を取って「エベア」とした。

(4) アビシニアはエチオピアの一地方名。

(5) シムーンはサハラ砂漠などで吹く乾いた熱風。

(6) この箇所はエメ・セゼールの『帰郷ノート』の次のような一節を思わせて興味深い。「ぼくを彼らの血の後見人とせよ／ぼくを彼らのルサンチマンの預かり人とせよ／ぼくを彼らの末裔とせよ／ぼくを秘儀伝授の人とせよ／ぼくを瞑想の人とせよ／しかしまたぼくを種まく人とせよ」

ルーマンのこの詩の制作年代は一九三七年（注(12)参照）と推定される。エメ・セゼールの『帰郷ノート』の完成は一九三八年である。ルーマンの詩の発表は一九四五年だから、エメ・セゼールが自作の完成以前にルーマンのこの詩を読んだ可能性は考えにくいが、両者の詩の結構とメッセージの内容の一致が興味深い。因みにルーマンは一九三七年の九月にベルギーからパリに家族と共にやってきて、翌三八年もパリに滞在して、左翼系の雑誌に寄稿している。当時はセゼールもまだパリにいたので、ルーマンとどこかで出会った可能性は否定できないが、今のところ確証はない。

(7) マリゴ marigot は「(熱帯で、水流が地中に埋没する) 末無川」や「(冠水しやすい) 低地」をいう。

(8) モアビット監獄は「ナチが共産党員をはじめとする政敵をぶちこみ、処刑したベルリンの監獄」(原注)。

(9) コパン Copan はホンデュラスの北西部、グアテマラとの国境近くで一八三九年に発見されたマヤ遺跡。

(10) パレンケ Palenque はメキシコ西部チアパス州の北部の森で発見されたマヤの遺跡。十世紀までマヤ帝国の帝都であった。

(11) ティアフアナコは南米ボリビアの高地にあるコロンブス到来以前の考古学的遺跡。

(12) 初版には「一九三九年」とあるが、「ルーマンはその年の五月にヨーロッパを出て、グアドループ、マルチニックを経由して合衆国へ行っているので、「一九三七年」の誤りと思われる」（原注）。

汚い黒ん坊* *Sales Nègres*

こういうことさ、
黒ん坊
ニガー
汚い黒ん坊などと
呼ばれるおれたちは
もうごめんだ
単純に
おしまいということ
アフリカや
アメリカで
あんたらの黒ん坊
あんたらのニガー
あんたらの汚い黒ん坊の
身分に甘んじることは

これでおしまい
（…）
もうおしまいだ
あんたらの通う
ルンバやブルースが
流れるナイト・クラブで
ジゴロ[1]や宝石で身を飾った娼婦たち
感情を失った魔窟の支配者どもが
期待するのとは違った音楽を
突然オーケストラが演奏したからといって
驚くなよ
あんたらには
黒ん坊なんて
歌う機械にすぎない、ネ・ス・パ[2]
踊る機械にすぎない、オフ・コース[3]
セックスの道具にすぎない、ナチュアリッヒ[4]
快楽の市場で
売り買いされる
商品にすぎない

ただの黒ん坊
ニガー
汚い黒ん坊なのさ
驚くなよ
イエスマリアヨセフ[5]
驚くなよ
おれたちが
おそろしく笑って
宣教師の顎鬚をつかんで
おれたちがやられたように
尻を蹴飛ばしながら
おれたちの先祖は
ゴーロワ人なんか
じゃない
おれたちには
神さまなんか関係ない
奴が父なら
おれたち
黒ん坊

ニガー
汚い黒ん坊は
親父が作った私生児だってことをさ
教えてやったからって
嘘でふくらんだ古い皮袋みたいに
イエスマリアヨセフ
わめいたって無駄だ
あんたにはよく教えてやらないとな
棒をふるい告白の祈りを強いて
おれたちに
おれたち
黒ん坊
ニガー
汚い黒ん坊としての
呪われた運命を
甘受するよう
謙虚や
諦念を
説教したことが

どれほど
高くついたかを
タイプライターは
カチカチ歯を鳴らしながら
抑圧の命令を打ち出すだろう
銃殺せよ
首を吊るせ
喉を掻っ切れ
こいつら
黒ん坊
ニガー
汚い黒ん坊連中を
肉片にむらがったハエのように
株式市場の
相場のグラフの蜘蛛の巣に
鉱山会社や木材会社の大株主たち
ラム酒工場やプランテーション農場の経営者たち
黒ん坊
ニガー

汚い黒ん坊の所有者たちは
ひっかかってもがいている
そして無線は狂ったように打電するだろう
文明の名の下に
宗教の名の下に
ラテン文化の名の下に
神の名の下に
三位一体の名の下に
神の名の下、糞ったれ、
軍隊
飛行機
戦車
毒ガスを
こうした
黒ん坊
ニガー
汚い黒ん坊たちを
弾圧するために
だがもう手遅れだ

地獄の沙汰の密林の奥底まで
タムタムの轟くような
疲れを知らぬ電信的リズムに乗って
メッセージが反復される
黒ん坊たちは
もはや許さない
もはや許さない
あんたらの黒ん坊
あんたらのニガー
あんたらの汚い黒ん坊で
あることを
もう手遅れだ
なぜならおれたちは
コンゴや南アの金鉱の
盗賊たちの洞窟を
見てしまったからだ
もう手遅れだ、もう遅い
ルイジアナの綿花プランテーションや
カリブ海の砂糖プランテーションで

黒ん坊
ニガー
汚い黒ん坊たちの
復讐の収穫がなされるのを阻止できない
もう手遅れだ、言っただろう、
なぜなら
インターナショナル(6)の
言語が
タムタムにまで行き渡ったからだ
なぜならわれわれはわれらが日を選んだからだ
汚い黒ん坊の日
汚いインド人の日
汚いヒンズー教徒の日
汚いインドシナ人の日
汚いアラブ人の日
汚いマレー人の日
汚いユダヤ人の日
汚いプロレタリアの日
今われわれは立ち上がった

地上のすべての呪われた者たち
すべての正義の裁き手が
あんたらの兵舎
あんたらの銀行を
襲うべく行進するだろう
不吉な松明の森が動くように
こん
　りん
　　ざい
黒ん坊
ニガー
汚い黒ん坊と呼ばれる
世界と決別するために

（1）ジゴロは「男めかけ、つばめ、（女に養われて暮らす）色男」
（2）フランス語の n'est-ce pas「でしょ？　そうだよね？」
（3）英語の of course
（4）ドイツ語の natürlich「もちろん、当然」

（5）イエスとマリアとヨセフ、すなわちイエスとその両親。ここでは三つの名前が読点なしに jesusmariejoseph 並べてある。意味としては「ああ神様仏様」といった茶化したニュアンスが感じられる。

（6）ここでは「国際労働者同盟（インターナショナル）の歌（革命歌）」の意。

＊この詩には表題から差別語である「黒ん坊」nègre という言葉が使われている。「黒ん坊」「ニガー」「汚い黒ん坊」が三点セットでリフレインのように使われているところもある。フランス語の nègre は普通に使えば差別語（軽蔑語）であるが、ネグリチュード運動を起こした詩人たちは敢えてこの言葉を使って、自らのアイデンティティーのよりどころとした。それに対して英語の nigger ははっきりと軽蔑的で、フランス語の nègre のようなポジティヴな意味を含んだ用法はないものと考えられる。また「汚い黒ん坊」はフランス語の sale nègre の直訳だが、ここで使われる「汚い」は人について「汚い、卑しい、おぞましい」意味で、英語の dirty に相当する言葉である。

第Ⅷ章

マグロワール＝サン＝トード

マグロワール＝サン＝トード

ハイチの〈呪われた詩人〉

ハイチの詩人マグロワール＝サン＝トード Magloire-Saint-Aude（一九一二―一九七一）は特異な詩人である。十九世紀末のパリに生きた「呪われた詩人たち」のように、高邁な詩心を持って、赤貧に甘んじつつ、酒と女の巷に沈淪して、合わせて二百行ほどの詩行を残して死んだ。長く忘れられていたが、一九九八年になって、散逸していた詩や散文が集められて、いくばくかの友人宛の書簡とともに一巻本にまとめられ、パリのジャン＝ミシェル・プラース社から刊行された[1]。筆者は本を刊行されて間もない時期にパリで入手したが、パラパラとページを繰って拾い読みしたまま書架に眠らせてしまった。二〇〇四年にハイチの詩人・小説家ルネ・ドゥペストルを日本に招いて、親しく交わった際に、この稀代のさすらい人にして饒舌家の口から、マグロワール＝サン＝トードにまつわる凄惨なエピソードを聞いたことがある。詩人はある時期、パリでヌードダンサーをしていた女と同棲していたらしい。事件が起こったのはハイチの首都の下町である。ある晩、酒に酔った女が、痴話喧嘩の果てに、詩人をナイフで刺した。刺し傷は六十箇所にもおよんだ。警察沙汰となり、関係は途絶したが、女はその行為を悔いて、体に白い布を巻き、裸足で、蠟燭を手に、教会の前で懺悔する姿を人目にさらして歩いたというのである。その話の印象が深かったので、改めて一巻本を広げて、読んでみた。難解な詩である。というか、一言語内で、目の前の詩語を意味と音声の両面にそって、熟読玩味するというなら、難しいというのはあたらないかもしれない。たしかな手ごたえとともに、いかようにも、解釈し、口に乗せて楽しむことができる。それが詩というものであろうが、他言語に移すときに要求される「透明性」にはほど遠い作品であることがよく分かる。そんなことを思いながら、南仏に住むルネ・ドゥペストルに手紙を書いておねだりをした。是非、短い物でいいので、マグロワール＝サン＝トードを紹介する文章を書いてもらえないだろうか、と。暫く返事がなかったが、二〇〇七年三月に長い外国旅行に出て、四月のはじめに帰国すると、留守宅にファックスが届いていた。かつてキューバ革命の女闘士であった奥さんのネリーが脳出血で昨年末に倒れ、リハビリ中なので、病院通いをしなければならず、すぐには要望に応えられなかった、しかし家内の病状が小康を得たから一文を草して送るというもので、数枚のファックス用紙に、読みやすい書体の手書きで詩人を紹介する一文が添えられていた。折角なので、これを翻訳して、詩人の紹介の文章として使わせてもらうことにする。

二〇〇七年三月、筆者はフランスのストラスブールからイギリスのシェフィールド、最後はカリブ海のマルチニックまで足をのばすという大旅行をこころみた。マルチニックで、詩人のモンショアシ（二〇〇三年マックス・ジャコブ賞）の家に招かれたときに、カナダのモントリオールで出版された小冊子マグロワール＝サン＝トード作「通夜」*Veillée*[2]をお土産にくれた。これはまったくの偶然である。しかしこれで、このやっかいな詩人を紹介する気持にはずみがついたような気がする。お土産の散文は上述の一巻本に収録されているが、折角の贈り物なので、モントリオール版を底本にしてこの章末に訳出することにしたい。

（1）Magloire-Saint-Aude, *Dialogue de mes lampes et autres textes, Œuvres complètes*, Edition établie et présentée par François Leperlier, Jean Michel Place, 1998.

（2）Collection Feuilles volantes, Mémoire d'encrier, 2003, Montréal, Québec, Canada.

マグロワール＝サン＝トード――超現実主義の《ランプ‐鳥》

アンドレ・ブルトンはマグロワール＝サン＝トードの中に二十世紀の最良の詩人の一人を見ていた。ブルトンは好んで彼をボードレール、ネルヴァル、マラルメ、アポリネールといった詩人の系譜の中に位置づけていた。ブルトンがそんなふうに彼を高く評価したのは、一九四一年にポール＝オ＝プランス（ハイチの首都）で出版された薄い二冊の詩集によってであった。『わがランプたちの対話』と『タブー』である。このハイチの大詩人の書いた二百行あまりの詩が、第二次世界大戦後、フランスの出版界の関心を引き起こさなかったことについて、ブルトンはきっと出版人に目がなかったからだというだろう。実際、彼の名はL＝S・サンゴールが編纂し、サルトルが有名な序文を寄せた『黒人〔・マダガスカル〕新詩集』にもなく、一九七〇年までパリでは無名だった。一九七〇年になって、プルミエール・ペルソンヌ出版社が『わがランプたちの対話』*Dialogue de mes lampes*、『タブー』*Tabou*、『失墜』*Déchu*を、ウィルフレッド・ラム、エルヴェ・テレマク、ホルフェ・カマチョの版画を添えて出版した。フランスにおける遅まきのこの出版のあと、二十世紀の生み出した枢要な作品の一つである詩集は、再び、忘れられた。

ジャン＝ミシェル・プラース社から、フランソワ・ルペルリィエの編纂する『マグロワール＝サン＝トード全集』が出版されるまでには、それからなお二十八年の歳月が必要であった。全集には、このカリブ海の島国ハイチの文学界に、特異な光芒を引いて去って行った「恐るべき通行人」マグロワール＝サン＝トードの諸作品、前出の詩集の他に、一九三三年から一九四〇年に書かれた、今日では入手するのが極めて困難な数篇の詩と散文（「パリア」、「影と反映」、「通夜」）、新聞への寄稿文、何通かの手紙が収録されている。

詩人はかつてこう心の内を打ち明けた。「われわれはだまされることを拒絶する。われわれは何も恐れない。理解されないことも、批判されることも、《ほら吹き》とか、《頭がおかしい》などと言われることも、苦しむことも、生も死も、何も恐れない（…）。蒙昧な人たちをたぶらかす幻影の哲学にご用心、腰の抜けた、空疎な道徳ごかしにご用心」。

詩人の目にはいかなる文学理論も、いかなる美的理論も意味を持たなかった。彼には酒と孤独とポール＝オ＝プランスの貧民窟への沈潜、悪所通いだけが、人々の肩の上で羽を休める「幻想の《ランプ－鳥》」の休息の時、人生の苦渋に満ちた横断に対する解毒剤であった。

クレマン・マグロワール＝サン＝トードは一九一二年四月二日にハイチのポール＝オ＝プランスで生まれた。この謎めいた名前は、ハイチの有名なジャーナリストであった父親の姓とハイチ北西部の小さな町の出身である母親の姓をくっつけたものだ。初等教育と中等教育をハイチの最良の修道会経営の学校で受けた。一九三〇年代初めに、初期詩篇を小さな文学雑誌『交代』*La Relève*や首都のいくつかの新聞、（父親のクレマン・マグロワールが所有する）『ル・マタン』紙、『ル・ヌヴェリスト』紙、『ハイチ＝ジャーナル』紙に発表し始める。一九三八年には雑誌『グリオ』*Les Griots*をフランソワ・デュヴァリエ、ロリメール・ドゥニと創刊した。当時の彼の詩は、マラルメ、レミー・ド・グルモン、アンドレ・ジッドなどの影響を受け、象徴派的な陰影が濃かった。自らのアイデンティティーの主張とか、ジャック・ルーマン流の反抗心との美学的親縁性などは一切認められない。またセゼールやレオン＝ゴントラン・ダマス流のネグリチュードにも無関係である。それでも彼が「黒ん坊」であるとすれば、それはまずアルチュール・ランボー流儀のものであって、「ゆがんだ、疲れた背中をして」、人間の条件の不幸と「折り合いが悪い赤肌の男」の感受性をもった黒ん坊である。

徹底した《孤立主義》がマグロワール＝サン＝トードをあらゆる「人種」イデオロギーの誘惑から守った。左翼のサンゴールやセゼールの《ネグリチュード》からも、極右のパパ・ドク・デュヴァリエの《ノワリスム》すなわち《全体主義的ネグリチュード》からも自由であったということだ。デュヴァリエは、雑誌『グリオ』時代の思い出を利用して、この超現実主義者の詩人を自らの「貧国型ファシズム」にひきずりこもうとしたが、無駄であった。このデュヴァリエ型ファシズムこそ現代ハイチの終わりなき悲劇の元凶である。その特異な生涯を通じて、マグロワール＝サン＝トードは政治権力への妥協を拒絶した。彼は名誉、栄達、地位を追求することなく、時流を超越して生き、一九七一年に没するまで、ポール＝オ＝プランスの娼家や貧民窟のカフェを仮の宿として暮らした。

マグロワール＝サン＝トードの詩才は、比類のない特異な詩的冒険によって、その詩の表現と錬金術を白熱と浄化の極限にまで高めた。

ポール＝オ＝プランスで詩人と邂逅した（一九四五年十二月）二年後の一九四七年に、アンドレ・ブルトンは彼に次のような賛辞を送っている。「その心中で、カリブ海の妖精と、ランボーが垣間見た「アフリカの妖精」とが一堂に会したような人物の恐るべき反骨・超俗精神――私にとって驚異の島での一夕の思い出は忘れがたいものだが――、それこそ、この詩人を世情の喧騒から遮断し、一瓶のラム酒を横において、何事にも動じず、とらわれることのない存在にしているものだ！」

詩人の二面性にも注意を払う必要があるだろう。詩作品の内向性と、批評家マックス・ドミニクが《幻覚的》と評した散文作品の外向性とが共存していることだ。ハイチの首都の貧民窟の日常生活が、散文作品において、幻覚的自然主義とでもいうべき手法で描かれている。夢と現実、詩と散文、狂気の愛と売春、生と死、そうした一連の両義性を通して、マグロワール＝サン＝トードは「瀕死の目をした」不可思議な中国人女生徒に、二十世紀のハイチ人として生きることの癒されることのない苦しみの影を、存分に、蹂躙してくれるよう懇願するのだ。

「パリア」（一九四九）と「影と反映」（一九五二）に語られている物語は、詩作品の謎めいた一極性への道化的対位法として読めるだろう。マグロワール＝サン＝トードの物語作品はゴーリキーの『どん底』やフランシス・カルコやピエール・マコーランの小説と比較されてきたが、『パリの憂鬱』や『散文詩』のボードレールとの親縁性も忘れてはならない。

しかし、散文においても、詩においても、マグロワール＝サン＝トードには、口誦文学から来る悲劇的多義性《ポリセミー》に潤されたフランス語表現、夢幻的で、喜びに満ちた表現への傾斜が認められる。ラブレーとマラルメの言葉が、ハイチの過酷な足踏みの歴史が語られるクレオールの夜話の語り口に、迎接されるのだ。

ルネ・ドゥペストル
二〇〇七年三月十四日
レズィニャン＝コルビエールにて

詩集『わがランプたちの対話』 *Dialogue de mes lampes*

空《くう》 *Vide*

わが情動から章句まで、
わがランプたちのためにわがハンカチ、
拭き消されたわが眼中に身をちぢめ、
一切の主義主張と無縁な労苦　詩。

休みない不運に見舞われ、
白いエディット[1]　わが顔　わたし自身。

わが目を堪能させる
わが復活した目の葬列で……

（1）エディット Edith はごく一般的なフランスのファーストネーム（prénom）。誰と特定できるわけではないが、ポール＝オ＝プランスの紅灯の巷に沈淪した詩人の散文の一つ『影と反映』*Ombres et reflets* の中に見える名前の一つである。

涙 *Larme*

鉛色《にびいろ》の神なく脆い心、
静かで柔軟な五言語の除夜灯。

わが鍵の上に、浄められ、頭を垂れる。

顔のない正面を向けて眠る人に
窓々を通して凍てた虚無
わが喉上に孤絶。

皮膚の灰永久《とわ》に盲いて。

沈黙 *Silence*

九つの市の上に
歯と偶会と衝撃の赤褐色の凝灰岩。
黄染めレースのマドレーヌ洞窟(1)遺物。

詩人はとるに足らず、常に体調すぐれず
グアダラハラ(2)に死す。

（1）マドレーヌ期（旧石器時代最終期）の遺跡が発見された洞窟。村の名前がLa Madeleineであることから命名された。
（2）グアダラハラGuadalaharaはスペインのカスティーリア地方の都市。スペイン市民戦争の激戦地（一九三七年）の一つとして知られる。

毒 *Poison*

わが背中の左側に
土中に間隔を空けて
わが足歩と足下に
鍵盤の呼吸に。
起伏のある境界、境界の外。

わが影のための影、わが背中。

息をきらせる絹の中
死の大窓の中。

わがまつげは落ち、手直しされる
水の上　休息の上
罅割れたキリスト像さながら菱形に。

反映 *Reflets*

わがネクタイに染みた何かの臭いに結ばれ、薄く、
見知らぬ者と街道で出会ったように軟弱で。

死者たちの吐瀉物の詠嘆。

うらぶれた港を背にして話す、
袖から抜け出て
アラブ人みたいに。

恍惚　服喪　色欲
喘鳴の弔鐘の肥大。

レース飾りの震え、わが強い情動
冷えたランプたちの冷たさに。

甘美なゼリー　マドレーヌの出土品、
ボタンをはめたランプたちの薄荷《ミント》。

日曜日 *Dimanche*

熱の地平線に
詩人の舞踏会の声のために。
詩人、沈痛な猫、猫の笑いに。
心、通夜に舐められ、罅割られる。

伝えよ、紐解けた連禱に　エディット
場所と胸はわが反映のままに。

扇に不完全に釘付けにされ
わがムーア(1)の喜びの中で。

愛もなく手袋を脱いだわが血の中に沈潜する。

飛び立つ鳥のようにすばやく裸にされた午後。

私は下降する、不決断で、指標もなく、
忍び足で、綿にくるまれ、雇われ、極地まで……

(1)「ムーア」more はアフリカ北西部に住むアラブ人とベルベル人の混血を指す言葉(綴りは maure が一般的)であるが、歴史用語としては、肌色が「黒褐色」であること、「黒人」の意に通じる。

章句 *Phrases*

七度わが首、

十七度首輪。

苦汁のせむし風。

不恰好な、冷たい、
水分のない目、宿命のような。

わが吸い取り紙の上に書かれた *Ecrit sur mon buveur*

容赦ない地平に並ぶ
釘と狂人。

生温かな夕べの流れに大理石。

眠りの油
わが卓の眉毛たち。

わがリート[1]の中のこのトゥアレグ[2]、
微笑一つ、髪の毛一本ない。

（1）「リート」lied はドイツ語で「歌・歌曲、恋歌」の意。
（2）トゥアレグはサハラ砂漠の遊牧民。

無一物　*Rien*

わが泥の睫毛の
潰瘍－慰撫は無
　　　　一物、
案内人たちの古い火に
腐った厚紙のわが目。

わが脈拍だけがイブン・ロ・バゴラ[1]のように。

わが年齢を持ち上げる騒音。

裏返しにされ、軽くされ、間を置かれて、
石膏も、日付もなく
アロブロージュ[2]　テクストの審美家

白い塩の沈黙のために

椀のように……

（1）イブン・ロ・バゴラ Ibn Lo Bagola は西アフリカ出身のユダヤ系黒人（生没年不詳。二十世紀前半に生きた）。密航してスコットランドにたどり着き、そこで西欧に触れ、マナーや英語を身につけた。後に合衆国へ移り住んで靴磨きをしたり、工員をしたりして働き、自らの数奇な生涯を題材に自伝を執筆した。

（2）アロブロージュ Allobroges は古代ローマ時代、ガリア（ローヌ川とイゼール川の間）に住んだ民族の名。フランス革命期の一時この名前が復活した。

静まれ[1] *Paix*

斜めに飛び立つわが肘、

一列に並べて、
敬虔なる透明性たる、わが目を探し求める。
亜麻の雨の梯子状のわが指、
私に満ち、わが立体の中で鉤形になっている。

もし　すまない
わが瞼の美しい光輪のために、
私が滑り、下降し、はまりこむとしたら
午睡のミルクのように心地よい、
わが昏睡の羊毛の中に。

なにものも私ではない
オジーヴ[2]の形をしたわが眼球と、
詰め物をされ、絹の冷たさを持つ
わが目のイメージと
天使のようなわが首を除いては。

否定し、裏返す
わがプール族[3]の渇きの襞を、
氷の骨のチュール[4]の騎手、
夜の卵型のガイドとなる訪問者、
そして
頭蓋のない貴族の正装で……

（1）原題フランスのPaixは「平和」を表すことばだが、口語表現で「Fiche-moi la paix!」「La paix!」というと「静かにしてくれ、ほっといてくれ、うるさい、黙れ」という意味になり、（フレンチ・）クレオール語（pé）では、基本的に、この意味で使われている。
（2）「オジーヴ」は建築用語で「丸天井（ドーム）の筋交い骨」のこと。
（3）プール族はマリやギニアに多く住む西アフリカの遊牧民。
（4）「チュール」はヴェールなどに用いる薄布。

静まれ *Paix*

静まれ
もはや声も、指もいらない
紐の銅鑼《ゴング》の口頭弁論には。

わが潜伏する汗の横腹に貞節な。

実質も生地もないわが白墨《チョーク》の上に
中国人がわが死を織る。

さあ今は眠れ　わが屑鉄《スクラップ》よ

わが姿《イマージュ》の廃棄場、わが姿の楽土でなら
私を愛したであろうものよ。

＊以上詩集『わがランプたちの対話』。初出は *Imprimerie de l'Etat*, Port-au-Prince, 1941.

詩集『タブー』 *Tabou*

I

これは中国人の墓で
気力のない私を
感激させる伝説ではない。
詩人《アエード》(1)のテントの中で
わがランプの黄金が眠る。
この世では、わが魔法の書物と
古い睫毛が私に重くのしかかる。

もし、口がほどけて、
わが影よりも長く
魔術師のいくつもの鏡に向かって
光輝と沈黙を混交するなら、
私はここでは五人力
腐食質の餌が
私を領有することはない。

（1）「アエード」aède は古代ギリシアの吟遊詩人のこと。

Ⅱ

私は自分が自分の聖体パン顔に埋もれて
シタール(1)みたいに廃れていることを知っている！
蠟燭と熱情の知られた未来に
蜃気楼を見て微笑む者に誉《ほまれ》あれ！

神もなく、驚異を
読みとく場所もない。
私は隊列の

員数、反映だ。
わが鏡は、世紀の鉛の上で、
古い貴族たちの賭金を認可している。

わが犬はわが睫毛の塩で
読みといたわが死の旗に
向かって歩いている。

（1）「シタール」cistre は十六、七世紀に使われた撥弦楽器。

Ⅲ

わが廃れた太陽の細帯の外で
私は諸世紀の解釈者、
ケンタウロスの彫刻された風なのか？
根こそぎにされ、反復され、私は指で
先鞭をつけた一本の髪の毛の上に降りる。

すぐに震える意気地なしの
わが心よ、心静かに、進め。

Ⅳ

物言わぬ通夜の客たちのギャロップに
彼らは、体をかしげ、凍りついて、
レース飾りの灯台に生きる純潔！

賛辞に厳しく生まれる航路標識
みんな、精神たるもの、
ボタンをかけ、凍りつかんこと。

Ⅴ

こだまするエコーに散乱し、
金箔のおちた儀式ばり、
時と欲望のことば、
ここで屈折し、放置され、
紐を締められ、解かれた眩暈《めくらめき》に、
預言者たちの一時的な豪奢は

連関なく極なく眠りなし。

VI

石の瘤のように荘厳で、
代理の静謐のオアシスに
開かれた眼、
地におちた眼、
私はみんなの
試作、熱情、儀式ではない。

VII

睡気に包まれ青白く
鰥夫《やもめ》のクリスマスの足湯から、
書物の神の所収を遠ざけよ、
私は、潜在的に、神殿の背の年で、
手探りながら、書簡体に、反射する
ランプたちに手をかした……

Ⅷ

朝がわが袖に入る。
私は感動とラ・カマルゴ(1)のために書く。
伝えよ、嘆きの女たち、うぬぼれを
モードがこの世で私を待っているとき。

（1）ラ・カマルゴ La Camargo（Marie Anne de Cupis de Camargo, 1710-1770）は十八世紀フランスで名声を博したバレリーナの名前。ラモー、カンプラ、ムーレ等のオペラ作品で活躍した。

Ⅸ

腐って、痛めつけられた文字盤に、
物乞いする詩句に投げられた三本の花、
私は音の上を奇数のように歩く。
私の茶色のムーア人か大天使の肌は
おまえのおばさんの案内人よりも
息をあげ、息を切らして
生きるために祝祭された刻印だ。

X

わが煤の壁に
積年の砂。
もし都で頭絡(1)が私を望むなら
ことばもイマージュも
分有されない者が広大である
私は自分が二つの段階に
あることを知っている、
運命とわが汗の水と。

(1)「頭絡」licou は馬や犬の首にかけて、ひっぱったり、つないだりするのに用いる革紐。

XI

法を遵守し、繰り返される
異端者の柱の上で、
要求されるこの上なき美女たち、
三十で私は傾倒する。
わがキャンバスに懇願された女たち、

鈍重、時代遅れ、年老いた、
私はわが屍衣の祈禱書の
手のこんだ術策か？

XII

ホックでとめた熱に
カールを巻いた声のカーテンに、
わが章句が響く
谷間に
わが軟弱な感動のように、
五時と対峙して。

わたしは大言壮語のやからだ
エンペドクレスの年のように
睡れるオデット[1]のように。

（1）「オデット」Odette はドキュメンタリーと銘打たれた散文『パリア』*Paria* に登場するヒロインのフランス女性 Odette Santiag を想像させる。

XIII

わが指人形は、賛辞に奪還され、
わが夜会で、みんなの冷たい長い視線を肩に負う、
そして、十三人の舞踏会の時のように、
私は死んだ目のモンゴール人に耳を傾ける。

XIV

仲立ちの火に、
風の椀のように甘い思念。
私は、高揚した熱情に対して、
束の間の、罅われた存在である！
わが死を知れ、
牧歌ではなくして。
星形のわが顔に
茶色いメキシコ人のわが心が眠っている

その心は、美しく蒼ざめて、
化石のデュオに
その限界を消す。

＊以上詩集『タブー』（Ⅰ～ⅩⅣ）。初出は *Imprimerie du Collège Vertiere*, Port-au-Prince, 1941

詩集『失墜』 ***déchu***

Ⅰ

他界したわがランプたちのために……

旅路が無事であらんことを、巡礼者よ。

Ⅱ

疲れた詩人のお手柄に、
わが解体されたステンドグラス
メロディーのレールに。

難破したわが息子の嫁のために、
非行少年のハーモニカのように。

罅われた蜘蛛の巣の方に
刈り入れられたスタンス(1)。
盲目の吸い取り紙の上に
わが消えた才能のいくばくか。

(1) 同型の詩節からなる抒情詩の一種。

Ⅲ

天使のようで、凍った歯　*La Milady*
My Lady amiga mia(1)…

嘔吐のどんな土が、
戴冠のインク壺を別にして
タナグラ(2)が踊る
傾斜した深夜の切れ端に？

（1）Milady は英国の Lord の称号をもつ人の夫人に与えられる敬称で、My Lady が縮小した形と考えられる。amiga mia はスペイン語で「わが（女）友だち」の意。
（2）「タナグラ」La Tanagra は古代ギリシアの都市の名前。テラコッタの小像の出土品で有名。

Ⅳ

わが不安な睫毛にかかったドロレス(1)
情動　詩の水。
朗誦と甘美なることエルザ(2)のように。

対話41
エリザ・ブルトン(3)より無気力な
高い枝にとまった大文字
わがランプたちの極点に。
鰥夫《やもめ》にて、むなしい配慮で
わが哀歌の暈《かさ》に。

（1）「ドロレス」Dolorès も『パリア』に出てくる女性の名前。
（2）「エルザ」Elza も女性の名前だが、この詩連はシュルレアリスムへのレフェランスが多いので、アラゴン夫人の Elza Triolet へのオマージュのようにも取れる。
（3）エリザ・ブルトン Elisa Breton はアンドレ・ブルトン夫人。すぐ上の「対話41」という言い方はブルトンの詩的散文『秘法17』*Arcane 17* への目くばせのようにも読める。

V

囚人の詩、
思い出した太陽の弔鐘に。
埋もれたガラガラ(1)
巡礼者の心に。

（1）「ガラガラ」crécelle は玩具あるいはアフリカの呪術儀礼などで使用される道具と考えられる。

VI

見よ、奪還されたわが屍衣を、
舞踏会のおしゃべり
アンティネア(1)のギャロップに

わが「理想」を手に嵌めて。
物乞いの星が
わが「死」の息吹を聞く。

（1）「アンティネア」Antinéa は古代ベルベル民族の神話の女神の名前。

Ⅶ

最後のリート、
荘厳なる青白い愛……

最後の火。

最後のゲーム。

わが「指人形」のために
大きく目を開いたわが往生に
沈黙の波止場で。

ランタンの下で　*Sous la lanterne*

生がまた始まる、長話と嘆き節と金欠と虚栄と無気力な息子の嫁のおしゃべりと共に。

愛された暁に不機嫌な心、誇り高い修練士《ノヴィア》の豊かな髪に多発する顫動、平和は熱から醒めたマドンナたちの心に降り立つ。

レディー・ゲイ(1)のために我らが書くことは禁断の伝説のように奇妙だ。

迎接と柔軟な思想のオアシス。ウアパンゴ(2)の入り口の仄明かり、けしてとるにたりぬ説得ではない。

扱いきれない単調さに押しつぶされた幾多の時間、嫌気が起こる計画とは別に、わが賛辞はファルバラ(3)のついたセレナードではない。

昼寝《シエスタ》で見る夢、マリアナオのためのとりとめのない音楽、失われたプラムの異端、他界した幻想の歌はどこへ行くのか？

(1)「レディー・ゲイ」lady-Gay の名前は散文『影と反映』*Ombres et Reflets* の中に出てくる娼婦の名前の一つ。
(2)「ウアパンゴ」Huapango はメキシコの舞踊音楽で、パヌコ川（別名パンゴ）流域に住むウアステク族の踊りに起源があるとされる。男女が一組になって踊り、男が歌う。
(3)「ファルバラ」falbala は服の「すそ飾り」のこと。

詩集（遺稿）『日曜日』 *Dimanche*

日曜日 *Dimanche*

沈黙の波止場に向かって息絶えてゆくワルツ！

追放された我らが吸い取り紙、情動が、蒼くなって、刈り入れたスタンスを抱きしめる。

襤褸《ぼろ》に包まれた肘、狼狽するほど震える声、メルセデス・マリーノのための暗いメロペ。(1)

砂糖漬けにしたミント、あるいはサクランボ、黄金色のシナモン、そして嘔吐の泥、我らがこめかみで息がつまりそうな苦悩を踊るのはだれ？

（1）「メロペ」mélopée は古代ギリシア詩で、楽器で伴奏されながら朗吟される部分をいう。転じて、単調な旋律、「歌」の意味にもなる。

自画像 *Self portrait*

五日間口ひげにひっかかっている鼻水は、黒く、
不精ひげに覆われた両頬の出会うところ

チョークのように白く、襤褸を着て、破れたサンダルを
履いた詩人は、居酒屋の門口で、反骨者の
歌を繰り返す。
　操り人形たちの悪口は、酒場に足をとめる詩人の
自尊心を傷つけるにはいたらない、吐き、顔を顰めながら、
幾多の渇望に詩人は歌を燃え立たせるのだから。

　酒場の陶酔にまぶたを閉じて、みせかけの態度に
弔鐘が鳴るとき、大通りをさすらって、彼は内なる
記憶にとりつかれた独り言をわめきちらす。
　そういう詩人に友人は大盤ふるまいよろしく最高の
敬意を表する、なぜならマラルメは「とくに、兄弟よ、
パンを買いに行くな」と言ったから。

［唇の上…］　*Sur la lèvre…*

魚たちの唇の上
私はアカタテハの翅の緋色を飲みに降りる
長い手の糸をたどって。

護符　*Talisman*

ヴァンサン・ブムールとホルヘ・カマチョへ

時間の大波
火の正面で。
火花のエコー
時間の鏡へ向かって。
首鈴　乳飲み子のガラガラ　ふさふさした髪
使者の歌　休止の合図を鳴らす。

＊詩集『日曜日』。初出は Editions Maintenant, Paris, 1973

通夜＊　*Veillée*

死んだ女は狭い寝台の上に横たわっていた。黒く美しく、いわば生きる苦しみから解放されて、眠っているようだった。

＊

それはベレール地区の夜、いかがわしい路地の中だった。

＊

霊安室の中では、手伝いの者たちが、何かしら重い、神秘的な悲しみに打ちひしがれているようだった。廊下には、近所の者たちが集まっていた。それから死んだ女の母親と死体のお清めをする女との間でボソボソいう話し声が聞こえていた。お清め女は唾を吐きながら、安物の葉巻を吸っていた。女の息はニンニクくさかった。

＊

死んだ女は病気で死んだのではないとヒソヒソ声で言う者がいた。だから苦しまずに息を引き取ったはずだというのである。

＊

人々の言うところでは、自然死ではなかったらしい。

＊

廊下で飲み物がふるまわれていたので、私はテレーズの部屋を出た（テレーズというのが死んだ女の名前だった）。そして、母親が盛んに袖をひくので、母親とお清め女の間に座った。私が横に座ると、お清め女は、すかさず、葉巻の火をくれと偉そうに言った。マッチを擦って、火を女の顔に近づけると、女の目がフクロウの目（あるいは魔女の目）をしているのに気付いた。歯は獣みたいに尖っていて、手は豆だらけで見るもおぞましかった。我々の視線は火花を散らすように行き交ったが、シナモン茶を差し出す女性がいたので、そちらに視線を移した。私は茶を飲み、ついでコップになみなみ注がれたラム酒とコーヒーを飲んだ。気分がよくなって、パイプの灰を落とし、吸った後にチョコレートの味がするスプレンディドという結構なタバコを詰めた。

＊

深夜に、霊安所につながった廊下から、怒り狂った男が飛び出てきた。妊婦みたいに腹がつきでた混血《グリフ》だった。粗野な男は、透けたナイトドレスを羽織った、綺麗な混血女《グリメル》を激しく鞭打っていた。女は静脈が透けてみえるような白い肌をして、天使のような無邪気な目をしていた。彼女は肌を切り裂く鞭打ちに痛痒を感じないようだった。ドレスの肩のところが血に染まっていた。遠くの闇で、犬が一匹死神に向かって吠えた。そして忽然として、どこから来たのか、乳白色のパグが路地に姿を現し、少女の足を舐め始めた。

わが友人のローラン・Pとガストン・Fが、一緒に、バーバンコートを飲もうと私を呼んだ。そこで私は、おしゃべりを続けている死んだ女の母親とお清め女のそばを、心残りながら、すみませんと言って辞去し、飲兵衛たちに合流した。

＊

私は、霊安室に隣接した回廊風の廊下の肘掛け椅子に座っていた。そこは死んだ女の居室の入り口に面していて、女と私は向き合っているのだった。

＊

聖体拝領を受ける子供のように、白い布にくるまれ、レースの端布で嵩上げされたようになったテレーズは、永久なる不動の姿勢で、死んでいるようには見えなかった。顎紐もしていなかったし、釣鐘スカートは、ピンと張って、皺がちっとも見えなかった。唇にはかすかな笑みが浮かんでいて、茶目っ気すらどこかにひそんでいるようだった。髪の毛は、カラスさながらの黒さで、額にかぶさっていた。

＊

しかし、仔細に顔を眺めているうちに（手をのばせば、死体に触れるほどの距離に私はいた）、あることに気付いて、ぞっとした。彼女の目は完全には閉じていないのだった。瞼の隙間から、死んだ女は私を見ているようだった……。実際、それは私を凝視する目だった。私は周章狼狽した。動こうとしたが、金縛りにあったようになって、身動きならなかった。口を利こうと思ったが、声が出なかった。

＊

そしてテレーズはなおも私を凝視していた。

＊

私だけを。

＊

そして私の視線も、磁気に引き寄せられたみたいに、あの世の眼差しから身を振りほどくことができなかった。

＊

それでも、ローランが無理に私の口に流し込んだコップ一杯の酒を飲むことができた。飲むと、今度は、しゃっくりをしだした。ガストンがレモン水を持ってきてくれたので、私は、息を切らせながら、時間をかけて飲んだ。

＊

しゃっくりはとまらず、喉がひくひくした。

＊

誰かがアスピリンをくれた。鎮静剤を飲んでも、しゃっくりは続いた。ぞっとして、汗を掻いていた。
死んだ女は、相変わらず、睫毛の隙間から、私を凝視していたが、今や、まるで生きている人のように、
それは半開きになっているのだった……。下から、見る者を震撼させる眼球がのぞいていた。

＊

死んだ女の枕元に蠟燭がたてられていた。そのうちの一本の炎が、突然、目に見えない存在の吐息をはきかけられたみたいに、何度かゆらめき、消えた。

＊

他の蠟燭も、あたかもそれを合図にしたように、消えた。

＊

蠟燭の消えた薄明かりの中で、テレーズは目を大きく開けた、彼女の奇妙に美しい目、官能的な陽気さを湛えた、残酷なまでにあからさまな目。

＊

私は全力をふりしぼって、ロボットのように、立ち上がった。女の瞼を閉じようと思ったのだ……。恐怖が私の血を凍らせ、上着から湯気が立った。

＊

しかし、パイプを口にくわえている間に、突然、言い知れぬ晴朗感が私の心に溢れた。

＊

通夜の客はみんな帰ったあとだった。

＊

小半時間前に、寺院の鐘楼で晩鐘が鳴っていた。

＊

……東に、星かげが消えかかっていた。

＊初出は雑誌 Conjonctions, n°177/9, 1956.

第IX章

ルネ・ドゥペストル

ルネ・ドゥペストル

稀代の〈遍歴詩人《コスモポリタン》〉

長い間、ルネ・ドゥペストルについて、私は、エメ・セゼールやサンゴールが提唱した《ネグリチュード運動》に対するポレミックな評論集『ネグリチュードよ今日は、そして、さようなら』*Bonjour et adieu à la négritude* の作者というくらいのイメージしか持っていなかった。一九六〇年代の後半から七〇年代の初めにかけて、仏文学者の卵として、フランスで生活した私の個人的な関心からすると、何よりも新鮮に思えたのはネグリチュード運動とその成果としてのいくつかのテクスト（サンゴール編『黒人・マダガスカル新詩集』、エメ・セゼール『帰郷ノート』）であり、それを批判的に乗り越えようとする評論の類についてはは眼がいかなかったというのが正直なところである。もちろんそうした運動の外部からの「受容」にはつねに十数年から数十年に及ぶタイムラグを伴うのが普通である。現に、セゼールの『帰郷ノート』全篇の本邦初訳は一九九七年、原著の刊行から数えて五十八年後である！　したがって、当事者である仏語圏植民地の出身者にとっては二大戦間に大きな盛り上がりをみせた運動が、二次大戦後の六〇年代半ばになって《現場》に姿を現したアジア人学生にとって、何かひどく刺激的な提唱と実践に見えたとしても、あながち誤解だとも時代錯誤だとも言い切れまい。それはそれで当時から見れば遠い未来であったはずの現在の《仏語圏》francophonie 構想へとつながってくるのである。そうした歴史のうねりについて語ると別の話になってしまうので、ここでは詳細に立ちいらないことにするが、ドゥペストルが見えにくい存在だったのは、今から思えば、私が仏語圏の黒人問題に関心を持つようになったちょうどその頃に、彼はキューバに亡命していて、冷戦時代のいわゆる《鉄のカーテン》の向こう側に姿を隠していたからであった。

ルネ・ドゥペストルは一九二六年に、ハイチの港町ジャクメルで生まれた。そこはかつてヨーロッパとの交易で栄え、コーヒーやバナナや柑橘類などの一次産品を輸出しながら、帰りにさまざまな魅惑の《舶来品》を運んできたところで、祖国が北半球の最貧国に沈淪している現在でも、町のたたずまいには昔の栄華をしのばせる跡が随所に残されている。フェリックス・モリソー＝ルロワのような大きな名前も含めて、この町出身の作家は少なくない。筆者も九八年に一度ハイチ人のジャーナリスト夫妻に伴われて訪れたことがある。湾に面した古いホテルで潮騒を子守唄に寝た夜の壁に這った蜥蜴の影や、翌朝、テラスからのぞんだ海に難破船の残骸が見えたのが印象的であった。ルネはそこで十五才まで過ごす。父親は初め調剤師、のちに税務署の官吏をした人のようであるが、ルネが十才の時、三十六才の若さで世を去った。母親はお針子で、遺された五人の子供を養うために首都のポール＝オ＝プランスへ出た。ルネは十九才になったときに、バカロレアの試験を準備しながら、最初の詩集『火花』*Etincelles*を書いた。出版するあてはまったくなかったが、ふとした思いつきで、官報や政府刊行物を印刷する国立印刷局に飛び込んで、局長に面会を求めたところ、一五〇ドルの金を持ってきたら本を印刷してやるといわれた。「予約出版ということにして、医者や弁護士、学校の先生たちに一口1ドルで募金をするといい」と入れ知恵されて、その通りにすると、二週間たらずで、一八〇ドル集まったという。かくしてルネの処女詩集は一九四五年四月に千部印刷され世に出た。この私家版は大いに成功し、再版され、『蜂の巣』*Ruche*と名づけられた雑誌を創刊する資金となった。この雑誌にはのちに小説家として大成するジャック＝ステファン・アレクシも参加している。雑誌の創刊と軌を一にしてアンドレ・ブルトンが来島し、「シュールレアリスムとハイチ」という演題で講演し、おしかけた若者たちに政治権力への「反抗」を呼びかけ、大いに若者たちを刺激した。警戒心を強めた政府は、雑誌の「ブルトン特集号」を押収する一方、『蜂の巣』を発禁処分にした。しかし事態はそれではおさまらず、一九四六年の年頭になって、反体制運動が大学から巷へ拡大し、ハイチはゼネスト状態に陥った。その結果、大統領エリー・レスコーは退陣を余儀なくされた。それから六月半ばに合衆国の後押しで新大統領デュマルセ・エスティメが選出されるまで、流血をともなう混乱が続いたが、時間とともにゼネスト派の勢力は後退し、軍部が権力を奪い返していった。その間に書かれたのが第二詩集『血の花束』*Gerbe de sang* である。

「革命」の夢は破れたが、前年に病死したジャック・ルーマンの創設したハイチ共産党（非合法）にドゥペストルとアレクシは入党し、その夏に、二人はあいついで渡仏した。以後およそ五年間におよぶパリ時代が始まるが、その間、ハイチでは読めなかった仏文学、露文学、英文学のめぼしい作家たちを読み、共産党の細胞活動家として行動し、多くの文学者・左翼知識人（ブルトン、アラゴン、エリュアール、ツァラ、ギルヴィック、C・モルガン、P・デクス、R・ラコット、P・クルタード等）、植民地出身の黒人運動家（エメ・セゼール、L・S・サンゴール、ウフエ・ボワニー、セクー・トゥーレ、モディボ・ケイタ、ファノン、グリッサン等）と知り合い、親交を結んだ。またピエール・マヴィルにマックス＝ポル・フーシェを紹介されたり、ブレーズ・サンドラール、ミシェル・レリス、ジャン・カスー、クロード・ロワ、ピエール・セゲルスなどとも繁く行き来した。パリ十四区にある大学都市のキューバ館に住んだが、四七年にはプラハで開催された「学生・青年祭」に参加、そのまま、ザマック＝サラエボ間鉄道建設労働奉仕団に応募してユーゴスラヴィアに行き、数ヶ月、額に汗して働いた。そしてそこでも現地の多くの若者たちと交わった。そのとき覚えたセルボ＝クロアチア語の歌は今でも歌えるという。そして二年後の四九年七月、ルネはパリで知り合ったハンガリー系ユダヤ人女性のエディット・ゴンボ・ソレルと結婚した。彼女はハンガリー語とルーマニア語の他に、英語、独語、仏語を話し、ソルボンヌで比較文学を学ぶ学生だった。新婚旅行はレマン湖近くのアルプス山中であったというが、充実した結婚生活が始まって一年有余、夫妻のもとに突然警察官が姿を現わし、「反植民地運動への加担と内政への干渉」の廉で「二十四時間以内の国外退去」を命じた。電話で相談を受けたエリュアールは、友人のパリ駐在チェコスロヴァキア大使に頼んで、とりあえず夫妻をプラハへ出発させた。かくしてルネの世界遍歴が始まったのである。

ドゥペストルのその後の遍歴をつぶさに語ることは、それから半世紀以上におよぶ地球社会の変遷と、それに同調したルネの波乱に満ちた半生を語ることになるので、到底、限られた紙幅でなせるわざではないが、あらましを記せば以下のごとくである。

一九五一年二月、夫妻はプラハに到着。しかしチェコスロヴァキアではすでに政治的粛清が始まっていた。「スターリンはギャング、ベリアは人殺し」などという風評が巷に流れ、忌憚のない意見を公言するルネの周辺にも警察の目が光るようになった。同年四月ブラジル人の活動家ホルへ・アマードが彼を個人秘書として雇うことで、追及をかわす。当時のプラハにはネルーダ、ネズヴァル、イリヤ・エーレンブルクなどが来ていて、夜は図書室で彼らと雑談にふけっていたという。八月には、アマードの差し金で、ベルリンで開かれた第三回世界青年祭へ送りこまれる。そこでニコラス・ギエンをはじめとするキューバ共産党の代表たちと知り合い、近い将来、キューバに招待すると約束された。しかしベルリンから戻ると、プラハでは妻のエディトが「国際シオニズム運動」の活動家ではないかと疑われ逮捕されていた。妻は釈放されたが、滞在許可証の更新が拒絶され、食料配給票ももらえず、苦しい秋と冬を友人の画家の家の食客として過ごした。そこへ僅かな希望の光がさしてきた。キューバ共産党からの招待状が舞い込んだのだ。二人はミラノ経由で、五二年の三月にジェノヴァから出航、キューバに向かうが、ハバナで待っていたのは監獄であった。バチスタの軍事クーデターが成功し、独裁者が権力の座にかえりざいたために、二人はモスクワからの諜報部員として逮捕されたのである。三週間後には査証なしでイタリア船籍の船に乗せられ強制送還され、ジェノヴァに舞い戻った。そのままフランスへ不法入国し、パリのイスラエル人の医者の家にかくまわれるが、十一月、路上でルネが警察官の尋問を受け逮捕される。国外退去する以外に方法がないので、党は夫妻をウィーンで開催されている「世界平和会議」へ送ることにする。ウィーンではアラゴン、サルトルといった仏知識人に加えて、旧知のアマード、ネルーダ、ギエンも来ていて再会を果たした。会議後、みんなのすすめで、二人は再びプラハへ戻る。

新しい展望が開かれたのは、一九五三年になって、パブロ・ネルーダの勧めで、南米のチリへ行く仕事ができてからである。チリには前年秋の選挙で民主的政権が誕生していた。ネルーダは春に「(南米)大陸文化会議」を開催しようとしていて、若き友人を組織委員会の事務局員として招いたのである。大会は成功裡に終わり、ルネはハイチ人として、自分がラテンアメリカ世界にも根がつながっていることにあらためて目覚めたという。七月になると、アルゼンチンの首都ブエノス・アイレスへ、つづいてアマードの呼びかけに応えて、ブラジルへ移動した。船でモンテヴィデオからリオ・デ・ジャネイロへ、コパカバナのアマードの家の近くに住み、表向きはフランス語と文学の教師、裏では党活動に従事していた。しかし次第に当局の監視の目が厳しくなり、一九五五年の末に再びフランスへ舞い戻る。五六年から五七年にかけては、初めパリ、ついでノルマンディーのムーラン・ダンディに住む。ムーラン・ダンディにはシュザンヌ・リピンスカという若い資産家の女性がお金のない知識人たちに屋敷を開放していた。モーリス・ポンス、ユベール・ジュアン、ルネ・ド・オバルディア、リチャード・ライトなどが客としてやって来たという。五七年の九月、祖国ハイチに新しい風が吹いた。医師で民俗学者でもあったフランソワ・デュヴァリエが選挙で大統領に選出されたのである。幼年時代からの知己であるフランソワが政権に着いたことで、いよいよ祖国の土を踏めると感じたルネは妻と蔵書五千冊と共に、ハンブルクから船に乗り、十二月二十三日、十一年ぶりに、ポール＝オ＝プランスに戻った。帰郷は盛大に歓迎され、翌年二月には大統領官邸に招かれた。しかし権力を握ったデュヴァリエはかつての博愛的な医師ではもはやなかった。弾圧が始まっていて、トントン・マクートと呼ばれる民兵とも親衛隊とも秘密警察ともつかない権力の「暴力装置」が恐れられていた。大統領は外務省の文化交流の責任者のポストをほのめかしたが、ルネは断った。三月には「人民に対する知識人の責任」と題された講演会を開き、その中で、ハイチにおける言論の弾圧を糾弾するにいたった。これをもってデュヴァリエとの決裂は決定的となり、その後、数ヶ月は軟禁状態で過ごす事態となった。一方、隣の島キューバでは、カストロ革命軍が地歩を固めつつあった。翌五九年一月二日、ついに革命軍が首都ハバナを制圧し、独裁者を追い払った。ルネはハイチの政府系新聞『ル・ヌヴェリスト』に論文「ある勝利の意味」を寄稿し、「キューバ人民の国民的闘争万歳！」という叫びでしめくくった。その叫びがハイチ駐在の新大使からキューバに送られ、カストロの目に触れ、ほどなく旧知の詩人ニコラス・ギエンから招待状が届いた。三月十六日、かくして、ドゥペストル夫妻は軟禁状態を脱して、ハバナ空港へ到着。空港にはギエンとチェ・ゲバラ部隊の若い兵士たちが出迎えに来ていたという。これがその後二十年間におよぶルネのキューバ時代の出発点である。

ルネのキューバ時代は二つの時期に分けることができる。前半十年間の蜜月時代と後半十年間のカストロ体制との意識のずれ（摩擦）が次第にあらわになる時代である。前半十年間の初めの頃は、『レボルシオン（＝革命）』紙の特派員としてモスクワ、北京、ハノイなどに足をのばし、フルシチョフ、毛沢東、周恩来、ホーチミンなどと接触した。反革命の戦闘に際しては、キューバの民兵として戦いもした。革命政権が落ち着いてくると、外務省、国立印刷局、文化評議会などで文化問題を担当し、やがてキューバ＝ハバナラジオ局でハイチ向けの政治・文学番組のディレクターとして活躍した。アレホ・カルペンティエールやギレルモ・カブレラ・インファンテ等、現代キューバの重要な作家たちとも親交を結んだ。キューバ文化の発信元にもなっているラ・カーサ・デ・ラス・アメリカス（「諸アメリカの家」）のさまざまな活動にも参加した。六五年にはレジス・ドゥブレやサルトルとの出会いもあった。私生活では、最初の妻エディトがキューバ革命を嫌って、イスラエルへ去ったので、六二年にサンチアーゴ・デ・クーバ出身のキューバ人女性ネリー・カンパノと結婚、二人の息子をもうけている。前半の大きな出来事は、チェ・ゲバラの死去（六七年十月九日）であった。ルネはかねてよりチェの文学的教養に裏打ちされた人間性に惹かれていた。没後一周年を記念して書かれた詩「エルネスト・チェ・ゲバラ隊長の生と死に捧げる十月カンタータ」はスペイン語とフランス語の二か国語版で八千部刷られたという。後半の十年に入ると、文化的な国際集会に数多く参加し、マグレブやサハラ砂漠以南の国々の作家たちとも交流しながら、次第にカストロ政権の文化政策をめぐって意見が合わなくなってくる。キューバでは、言論の自由もどんどん失われていく。党からうとまれはじめると、ルネの書いた本は印刷されなくなり、ラジオ局を追放されて、その代わりにもたされたハバナ大学での講義には、発言を監視する目的で雇われた「偽学生《サクラ》」しか聞きにこなかったという。ルネの最初の長編小説『宝棒』*Le mât de Cocagne* もハバナで出版されたが、本の広告が出るばかりで、一般には、出回らなかったらしい。一九七八年、ついにキューバを離れる。行く先はふたたびパリであった。幸い、ユネスコ事務局にポストを得て、ユネスコの数多くの文化プロジェクト・ミッションに参加し、世界中を飛び回るようになった。日本にも、一九八四年国際ペンクラブ東京大会の際に、一度、来ている。

＊

以上が、私が彼を知る前のルネ・ドゥペストルの半生である。私が彼を知ったのは二〇〇三年六月、カリブ海に浮かぶ仏海外県のマルチニック島の空港である。エメ・セゼールの九十才を祝う国際シンポジウムが開かれるというので、世界中から、作家や研究者が島に集まって来ていた。空港に出迎えに来たマイクロバスに乗り込んだ数名の中に小柄な老人がいて、それが彼だった。六〇年代の後半に目覚めた仏語表現アフリカ文学への関心から、九〇年代に入って「クレオール文学」の書き手たちによって新たにかきたてられたカリブ海文学への興味を通して、私はハイチの作家たちに接触し、そのうちの何人かを日本に招いている。フランケチエンヌ、エミール・オリヴィエ、アントニー・フェルプスといった人々である。残された最後の大物はルネ・ドゥペストルだという思いがあり、機会があれば招いて話を聞いてみたいと思っていた。エミール・オリヴィエが来日した二〇〇二年の春、彼の連絡先を訊ねてみたが、南仏に住んでいるというぐらいで、詳しいことは分からなかった。いずれ出版社などに問い合わせれば分かるであろうと思っていたが、本人と同じ送迎バスに乗り込むことになろうとは思いもよらぬ偶然であった。このエメ・セゼールの誕生記念シンポジウムのことについては、二〇〇三年十二月の雑誌「世界」（岩波書店）に「エメ・セゼールの《誕生会》」という文章が収められているので、興味のある方は読んでいただきたい。ポール＝オ＝プランスの高校生だったルネが、一九四六年に来島したセゼールの謦咳に初めて接して覚えた感動から数えれば、半世紀以上の年月が経って、九十才に達したセゼールと七十六才のルネが向かい合っている。会場のホールの最前列に座ったセゼールに直接語りかけるような口調で始まったドゥペストルの演説は、動乱の二十世紀を左翼の闘士として生き抜いてきた人にしかないリアリティーに裏打ちされて、満場の熱い視線を一身に集め、聴衆を熱狂させた。わずか数日間の接触であったが、もし招いたら日本に来る気持ちがあるかどうか意志を確認し、詳しい連絡先をホテルのロビーで手帳に記した。この闘士も七十七才の誕生日を迎える寸前であった。招くには準備がいるので、来日するときには七十八才になっているだろう。健康上の不安はないであろうかという心配もないことはなかったが、見るかぎり、いたって健康そうであった。

そうして約一年後、ルネ・ドゥペストルは国際交流基金の招きで日本にやってきた。招待計画が実現されるまでには色々な方面の人たちの尽力を仰いだが、日本に到着してからの案内係は筆者である。二〇〇四年五月二十三日成田着、六月五日関空発という二週間の日程でやってきた彼は、予定通り、東京日仏会館での講演会を皮切りに、一橋大学、東京大学（本郷）、日本フランス語フランス文学会（白百合女子大）、東北大学（仙台）、京都大学と講演しながら歩き、京都では桂離宮を含むいくつかの寺を見てまわった。東京から仙台へ、仙台から京都へ、京都から関空へと連れ添った筆者は、食事や散歩の間、地下鉄や新幹線の車中で、ルネから彼の半生にまつわるおびただしい、生彩に富んだエピソードを口伝えに聞いた。マグロワール＝サン＝トードという詩人が赤貧の中でいかに豪奢な雰囲気を湛えていたか、同世代の才人ジャック＝ステファン・アレクシがフルシチョフから多額の資金をもらい、その金を持って、キューバから船で密かにハイチに上陸したところ、トントン・マクートにつかまり、惨殺された。恐らく多額の金を身につけていたことが命取りになったのであろう、そもそも、何故そんな大金をモスクワでもらうことができたのか、そのわけは、というふうにとめどなく続く。あるいはまた、自らの豊富な体験に基づいたエロティスムに関する「哲学」が開陳され、アレクシ、カルペンティエール、なかんずく、ニコラス・ギエンの恐るべきドンジュアン振り、「もしニコラスが彼の隠された《生（性）の歴史》を書き遺していたら、カサノヴァも色褪せてみえるだろう」云々。生涯ノマドを通し、世界中を移り住んだルネ、二十世紀末に共産圏が崩壊するまで、一般には知られてこなかった鉄のカーテンの向こう側の青春や生活についての豊富な個人的体験を持つ、この博覧強記の老人の話を聞いていると、誰しも、「何故自伝を書かないの？」と問いかけたくなる。ルネの答えは次のようなものである。「もちろん、そのつもりでいる。八六年にユネスコを定年で退職してから、南仏のレジニャン＝コルビエールという村に住んでいるが、勤めた年限が短いので、年金はわずかなものだ。ただ九八年に出版した小説『我が幾夜の夢のアドリアナ』*Hadriana dans tous mes rêves* がルノドー賞という大きな賞を取ったので、本が売れた。その印税で南仏に大きな家を買うことができた。でも普段の生活はつましいよ。今回日本に来るときにも、飛行機代を自分で立て替えられなかったくらいだ。私の夢は、力が残っているうちに、本格的な回想録を書くことだ。材料はいくらでもあるし、私は記憶力がいいので、細かなことまで覚えている。問題はしかるべきトーン（語りの調子）を見つけることだ。家では毎朝早起きして、書斎にある特注の書見台に紙を置いて、立って書く。立ったまま書くのが私の流儀だ」。そして、もしうまくこの回想録が完成し、ベストセラーになったら、そのお金で、京都に来て数ヶ月滞在するのが「私の最後の夢だ」と語った。私たちの最後の散歩は銀閣寺から南禅寺にいたる《哲学の道》だった。数十年来、毎朝ビタミンC剤を一錠飲み、就寝前には必ず一日を反省し、ストレスを一切翌日にのこさないようにして暮らしてきたというルネは（「悪夢など見たことがない」）、幾度となく身の危険を乗り越えてきた百戦錬磨の《闘士》にしては、不思議と人ずれしたところがなく、自浄作用が人並みすぐれた、爽やかな人であった。

以下に初期の二つの詩集から、「僕は一つの言葉を知っている」「告白」（以上『火花』所収）と「海の論理」「解放」（以上『血の花束』所収）の四篇、中期の詩集から「黒い鉱脈」「人生の出会いで」（以上『黒い鉱脈』（一九五六）所収）と「死について」「詩法」（以上『ある海洋動物の日記』（一九六四）所収）の四篇、次いでキューバ時代の「エルネスト・チェ・ゲバラ隊長の生と死に捧げる十月カンタータ」（一九六八）と後期詩篇の一つ「エメ・セゼールに捧げる歌」（一九八二）、最後に二〇〇四年の京都訪問の際の感動をもとに書いた「詩仙堂にて」一篇を訳出する。

僕は一つの言葉を知っている　*Je connais un mot*

——テオドール・バケールに

僕は一つの言葉を知っている、
めくるめく幸福感を引き起こし、
僕の夢をふくらませ、僕の眼に
愛の光を点す、羽ばたく言葉を。

僕は一つの言葉を知っている、艶やかな
草原の上をたゆたい、微風に乗って飛ぶ

ヴィオロン弾き、土流れの山々、蟬しぐれの
悲鳴、不動不安の海を、叙事詩みたいに
ドラマチックな展開を示唆する言葉を。

僕は一つの言葉を知っている、きらめく
川の中、沼底の月影、木々の葉のざわめき、
揺りかごから洩れる乳飲み子の呟き、
藁葺き屋根から立ちのぼる煙に光芒を放つ
カリブ海の魅惑に満ちた言葉を。

僕は一つの言葉を知っている、敵の
渋面に動じることなく、あばら家の
不幸を断罪し、街の孤独に包まれて、
莫蓙の上に倒れこんで眠りこける、
伝説的な過去を秘めた言葉を。

僕は一つの言葉を知っている、早朝に
反乱の太鼓を打ち鳴らし、友愛の森に
人々を狩り集め、満帆に孕んだ自由の

風を追い風に、砂糖キビ畑に火を放つ、
歴史に燦然と輝いた言葉を。

僕は一つの言葉を知っている、首枷で
繋がれた農民から、富裕な一族まで、
すべての者の財産であるような、市民の
顔をした虎と対面する、頬の痩せこけた
子供たちの財産であるような言葉を。

僕は知っている一つの言葉を、僕の人生
のすべて、希望と絶望のすべて、
日曜日の夕方の悲しみ、恋の喜びの
日々、世界のサヴァンナに放たれた若駒の
躍動、それら一切を包みこんだ言葉を。

その言葉は僕の夜に意味を与え、
僕の皮膚の色を見守り、
僕の彷徨の宿命の中に存在し、
僕の不正に対する憎しみを育て、

人間の尊厳を金で売る連中を
張り倒そうとする僕の手をゆるめる、
その言葉は僕の平和の船、
その言葉は僕の愛、
その言葉は僕の狂気、　ハイチだ。

告白　*Aveu*

――アドリーヌ・バケールに

僕は供物の中で一番美しい穂を摘んだ
僕は残酷な遺棄の香りを嗅いだ
僕は絶望の尖った釘の上を歩いた
僕は大いなる孤独の流刑地を味わった
僕の人生に愛の神秘は無縁だった
僕は君の十六歳の周辺に沈黙を課した
僕は君の伝染性の炎の傍らで口を閉ざす
僕は君の生の果肉にかぶりつく
君はまるで優美をかたどった生き物だ

僕は眼をつぶって君の背中に飛び乗った

海の論理　*La logique de la mer*

——ジェラール・ブロンクールへ

このハイチが希望に燃えるとき
僕らの行為はすべて華々しく
僕らの友愛の言葉は石に、僕らの熱情は
競走馬の火打ち石に刻まれる
海の論理は僕らを先頭に
警官隊の隊列へ突進させる
みんな僕らと一緒に塩の言葉を
持ち去るが、それはピメント
よりも神秘的であり続ける

このハイチが革命で新調された
服にアイロンをかけるとき
みんな血潮にジンジャーの怒り

をひそめ、詩の星に生き続ける
僕らの眼に映る未来は、この上なく
長い幼年期を孕んだ一人の女
亡命の地に追いやられた画家は、
帰らざる旅路の貿易風と同様
雪解けに所属する

解放 *Libération*

——フェルナンドへ

君の命は僕の開かれたベッドの
まわりで踊る赤い花粉の炸裂
君の命は僕の記憶の中で夜の
こちら側からむこう側へ逆流する
眼を閉じると、僕の待ち伏せする
ペニスから裸の君が見える
君の顔の燦然としたプリズムがある

君の性器の息はずむ自由がある
若い女の君の逞しい腹、僕らの
愛をなお九ヶ月育む用意のある腹がある
貴金属で作られた輪がある
僕らの愛撫が、驚異に満ちた幼年時代
さながら、前に転がす輪だ
僕らの交合が僕らを倦怠の淵から
救ってくれた七月の夕べがある
とくに君の乳房が海に投げられた
ゴム毬みたいに弾んだ夏の夜がある

黒い鉱脈　*minerai noir*

インド人(1)の汗が突如として日照りで干上がってしまい

黄金狂が市場でインド人の血の最後の一滴まで吸い取って
しまったとき
金鉱のまわりにはもはや一人のインド人もいなかった
すると今度は絶望の後釜を確保するために
アフリカの筋肉の川に顔が向けられた
かくして黒い肉体の無尽蔵の宝庫に向けて
ラッシュが始まった
かくして黒い体の輝ける正午に向けて
髪振り乱した突進が始まった
黒い鉱脈の厚い岩盤にふるわれる
ツルハシの音が地球に響き渡った
化学者たちはこの黒い金属で
何か新しい貴重な合金を作る方法を探し
奥方たちはセネガル産の黒ん坊で新しい厨房セットを
カリブ海の年端のいかぬ黒ん坊でティーセットを
作ることを夢み、司祭の中には自分の教区に
黒い血の音色を鋳込んだ鐘を約束した者までおり
さらには立派なサンタクロースが
年中行事の訪問に

黒い鉛の兵隊の人形を考えたり
勇敢なる船長が
自分の剣を金属製の黒檀から
切り取ったり
そんなこんなで世界中がドリルを使って
わが民族の内臓六腑に
黒人の筋肉鉱脈に
穴をあける音でかしましい
もう何世紀ものあいだ
この民族の美質の掘削作業は続いている
おおわが民の金属層
人間の露の無尽蔵の鉱脈
どれほどの海賊が彼らの武器で
おまえの肉体の暗い奥を探索したことか
どれほどの海賊がおまえの体の明るみの
豊かな森に踏み込んでいったか
あたりにおまえの萎え茎の年月と
涙の溜り池を撒き散らしながら
簒奪された民　耕作地のように

徹底的に鍬を入れられた民
おまえの体の夜の秘密に
ガスが充満して
おまえの増大する怒りを尻目に
黒い金属で大砲を鋳込んだり
金貨を鋳込む勇気のある者は
もはやいないだろう。

（1）「インド人」Indien はここでは西インド諸島人、カリブ族・アラワク族などの先住民族、一般的にはアメリカ・インディアン、アメランディアン（仏）といわれる人々である。先住民が殲滅されたあとで、労働力として黒人がアフリカから連れてこられたという歴史がある。

人生の出会いで　*Au rendez-vous de la vie*

片手に愛する権利をもち
もう片手にベルリン行きの切符をもつ。
ぼくの心の片っ方から輝くのは
ぼくの祖国の空

もう片っ方から輝くのは
果実の朝まだきの種みたいな
世界の子どもたちの目だ。

しかしぼくの希望の矛先を
ベルリンの空に向ける前に
ぼくは友人のマヌエルのことを考えてみたい
毎日彼は朝露が結ばれるのと同時に
ニワトリが木々の涼気の中で
ときを告げるよりもずっと早く
起き出す男だ
ベッドで寝ることのけしてない男
ビンの砕片《かけら》で髭をそる男
ぼくは彼の農夫の声が
ぼくの声の船首にあたり
ぼくの帆を
沖の海風みたいに
はらませてくれることを願う。
——みんなに伝えてくれ、

三年前から鳥は羽毛を
魚は鱗を脱ぎ変えた
でも黒人女《つれ》は着たきりだ
幼女《むすめ》は先月死んだ
キニーネを買うお金がなかったから
家の屋根から雨が漏ったから
それでランプの光は失われ
愛の臥床は台無しだ。
みんなに忘れずに言ってよ、
家が雨漏りし
黒人女《つれ》が服を洗う日には
裸でいなけりゃならなく
幼女《むすめ》がお人形さんのかわりに
アリやミミズと遊ぶのは
星がちりばめられた旗が
手榴弾や鉄砲の代金を払うために
汗の結晶の一つひとつに
ちょっかいを出すからだ。

――みんなに伝えてくれ、人民の生活は
苦労の一枚岩
剣の刃のある側みたいに
暗黒をどっと鋳型に流して作られた。
人民は時計を見ることは知らないが
胃袋の空っぽさ加減や
網膜を襲う睡魔の強さで
時間を言うことができる、

腹時計ではいまお昼
目時計ではいま深夜。

伝えてくれ、人民は千まで数えられないし
地球が回っていることも知らないが
伝えてくれ、われらが月末は監獄さながらに窮屈だと。

ぼくがベルリンに行くのは、人民の空腹に
禁輸令が課されるためだ
人民の手錠、病床、

涙、マラリアの悪寒に
禁輸令が課されるためだ
ドルが人民の喜びの歌に
錠を下ろさないようにするため
人民の貧困が永遠に秘密体制に
逼塞してしまわないため。

ぼくがベルリンに行くのは平和が
すべての枝葉を保持し
その腕をすべての人民の
生にさしのべ
光の播種のように
彼らの未来のすべての芽を
吹かせるためだ。

ぼくが春を追ってベルリンへ行くのは
すべての人の明日が
光に満ち溢れ
友愛の最も赤いワインから

平和が迸り出るためだ。

死について　*Sur la mort*

日が沈んで家のバルコニーにいたら
ぼくの死がぼくの前にいた
ぼくらは小声でおしゃべりをした
永遠の緑の小枝にとまった
二羽の小鳥のように。

ぼくの死の目の中に長い夜汽車が
遠ざかっていくのをぼくは見る
わが青春がそのけむりだ
わが幾多の愛はハンカチとなって
夢の手がしきりに振っている

ぼくらは故郷の町を凝視する
木々、家々、人々

動物、石、星
みんな同じ肌をして
その優しさが涙をさそうほど
心をとらえる。

黄昏に一度は
自分の傍らで自分の死が
世界の美しさを前に
喜びの涙を流すのを見なくては
誰もまだ人間にはなれない。

詩法　*Art poétique*

詩人おまえは羊膜を被って[1]生まれた
詩人おまえは世紀の善悪のすべてと
手をとりあって成長した。
おまえは世界中をかけまわった
人民の風に耳を傾けながら

人民の不幸を自分の帆にはらませて。

おまえは腹を空かせ
よく眠れず、汗と涙を
抑制する術を心得た
人民の子だ
おまえは苦痛の鉄床《かなとこ》で
打たれて育った
人民の子だ。

詩人よ　いつかおまえは
どうして海を前にすると
こんなに果てしなく沈黙するのか
どうして落葉する希望が心の内で
こんな音楽となるのか
言わなくてはならない。

（1）原文は「被りものをしてうまれた」né avec une coiffe であるが、詩人の故郷では、「羊膜をかぶって」子どもが胎内から出てくると「幸運」のしるし、傑出した能力をもった子どもの誕生として祝福されるという。

エルネスト・チェ・ゲバラ隊長の生と死に捧げる十月カンタータ
Cantate d'octobre à la vie et à la mort du commandant Ernesto Che Guevara.
――エルネスト・チェ・ゲバラの遺言

人の道に踏み込んだチェの道は長い
川は長く、種まきを待つ畝は長い、我らが
歩みに踏み込んだユリシーズの海足は長い
未知の森を進むための樹木の剣は長い！

彼の中ではすべてが運動だった
光と意志の爆発だった。
我らはつねに家の戸口に、毎朝
彼が飲んだ強いコーヒーの香りを嗅ぐだろう
夕べの箱舟の中でチェへの思慕がつねに
我らを待ちうけているだろう！

彼は我らが波間の導きの塩となるだろう！

我らが空に伸びたチェの腕は長い

彼の真実を支える枝は長い
彼の運命が鎖で結ばれた岩は長い
沈黙は長い、沈黙の中で彼の声が我らに二十一世紀の
　人間について語る
そして彼の声はしみわたる
海腹の奥底まで！

彼の声は金銭スキャンダルより高く響いた！
自由の女神像より高く響いた！
人間の健康を担保に買われた株券より高く響いた！

彼の声は株式市場の狂乱する株価より高く響いた！
ニューヨークの空をひっかく恥辱より高く響いた！
酔った犀みたいな額を壁に打ち付けて砕いた
幾千種類の詐欺と虚偽よりも高く響いた！

彼の声は七つの大罪よりも高く響いた！
千の脚をもった悪徳漢たちよりも高く響いた！
百の頭をもった卑劣漢たちよりも高く響いた！

一万八千の爪をもった暴力の魔術よりも高く響いた！

彼は我らに二十一世紀人の星を遺す！
彼は我らに彼の手相を遺す！
彼は我らに彼の戦いの雄叫びを遺し、
彼は我らに彼の粘土と楯を遺し、
彼は我らに弾丸と本の百の工場を遺す！

彼は我らにヴェトナム時代を遺す
人々がそれを流れる涙と血で
肩に背負うことができるように
人間の最高位に属するもの！

人間における
愛の新しい時代！

彼は我らに人としてこらえる術を遺す
彼自身の忍耐力とその一徹な美しさをもって
彼が抱く幾多の疑念と

ゆるみない厳格さをもって
彼のノスタルジアと
彼の最も豪華な理性をもって！

彼は我らにパチオを遺す
一年中青々としているだろうパチオを
彼は我らにレーダーを遺す
人の心にバラを差し向けるために
彼は我らにスクリーンを遺す
人間の内なる美の行進を見ることができるように！

彼は我らに彼の蟻たち、さまざまな道具
あごひげ、ベレー帽、弾痕のあるシャツ
鉄砲、マテ茶の葉を遺す
彼は我らに外海を航行するために三文字を遺す！

彼は我らに地上に一人でも
はずかしめられる者がいるかぎり
心安らかでなく、自らを叱咤する一人の男を遺す！

彼は我らに金剛石の岸辺の
友愛を遺す！
彼は我らに彼の傷と
傷跡と
我らが足の代わりに歩きすぎたために
痛くなった足を遺す！
危険になった国境を必死に守った
喘息を遺す！

彼は我らに彼のユリシーズの船を遺す
それは空にかかった大きなアーチさながらだ
彼は我らにアヴェ・マリアを遺す
我らが井戸の
最も純粋なるものよりもさらに純粋なアヴェ・マリアを！
彼は我らに組織する死
癒す死を遺す
彼は我らに苦痛の中で
打ち、形作る

暴力を遺す
人間の新しい法！
彼は我らに人間による
人間の大いなる光の照射を意味する
三つの文字を遺す――CHE[1]！

（1）チェ・ゲバラ

エメ・セゼールに捧げる歌　*Un chant pour Aimé Césaire*

最後の火山からやってきたセゼール
詩を書くたびに、灰燼から蘇る彼は
カリブ海の夢に翼を与える者だ。
詩人たちの北、あらゆる言葉の南
セゼールには晴れ渡った朝の重みがある。
彼の光はけして落ちることのない
葉むらの家族の混乱の中で待たれている。
季節の燃え上がりよりも自由な彼は

人々の真の空の暑い空気に住み
マルチニックの言葉の背に乗って、中途で
停まることなく、世界の最も冷たい部分を横切ってゆく。
星と死の間で彼の友愛の束は
我らが不幸の地平に宝物を掲げる。
兄弟よ、君の内なる偉大な太陽的性格に感謝する
海波の先頭に立ってやってくる
小さな誇り高い馬の全力疾走に感謝する。
かつてないほど栄光に満ちたタムタムのセゼール
我らが最良のパンノキの旅を託す衛星の支配人。
私はセゼールを歌う、ルーツと正義に妥協のない
男のために、私は笑い、喜びのダンスを踊る、
樹液をフロマジエの梢に送る
詩人の驚異の力を私は歌うのだ……
一九八二年十二月十日、パリ。

詩仙堂にて *La maison des poètes souverains*[1]
——真田桂子と恒川邦夫へ

息の長いわが独楽は
鉄芯を軸に休みなく
回り続ける
人生の果ての雪は
目に痛くもあり
熱い頬のほてりを
冷やしてもくれる

エヴェレスト山の神秘の力が独楽に
自転に打ち克つ力を与える
回る力の限りをつくして
認識の独楽は
京都の聖樹の梢へ
黒い堂を熱く立ち上げる

ジャクメルの湾とその根茎から生まれた混血児

その堅固にして柔軟なる金属が
いま歌仙たちの家の客人となっている
老年に達した人間の定めが彼を
日本の活力の高みに差し上げる
海洋生物の不屈の外皮にさらなる
愛の年輪を刻もうとする日本

(1) この詩は二〇〇四年六月の初めに京都に滞在し、詩仙堂を訪れたときの感動をもとに書かれたものである。献辞は同行した阪南大学の真田桂子と私宛になっている。

*

ルネ・ドゥペストルがルノドー賞を取った小説『我が幾夜の夢のアドリアナ』で稼いだ印税で南仏に手に入れた家に、その後、筆者は二度訪れる機会があった。最初は二〇〇五年の三月下旬であった。インド洋のレユニオン島に調査旅行に出かけた帰り、パリまで戻って来て、少し余裕があったので、思い切って南仏まで足をのばしたのである。モンペリエまで飛行機で飛んで、空港から車を借りて、助手席に置いた地図をみながらレズィニャン＝コルビエールへ向かったのを覚えている。最寄りの都会はナルボンヌである。あとで分かったことだが、ちょうど復活祭の休暇の時期で、バルセロナに住んでいる長男夫妻が泊まりに来ていて、さらにモンペリエ大学で勉強している次男も家に戻ってきていたので、客を泊める部屋がないということで、村はずれのホテルに部屋を予約しておいてくれた。いわば家族水入らずの団欒の席に割り込んだ格好になったが、家の食事に何度も招いてくれた。書斎に案内され、蔵書ばかりでなく、執筆するときに使う譜面台のような「書き物台」も見せてくれた。オーケストラの指揮者のように、「書き物台」の前に立って執筆する習慣だという。夕食に招いてくれた翌日は、まだ朝晩は霜が降りるような肌寒い季節だったが、遠足に誘ってくれ、近くを通るカナル・デュ・ミディを一瞥してから、私の運転する車で、北へ二十キロメートルほど行ったところにあるミネルヴという村まで行ったことを覚えている。そこはオード県を越えて、すでにエロー県である。ミネルヴはラテン語のミネルヴァ（梟の姿をしたローマ神話の知恵の神様）だが、中世に弾圧されたカタリ派の拠点の一つだったという由緒ある村である。不意の客人を一家団欒の時間を割いてもてなしてくれる七十九歳の高齢かつ高名な作家に感謝しつつ、長い激動の人生を生きぬいてきた人の飾らぬ人柄、フットワークの軽さに、感嘆したものである。

二度目は二〇〇七年の五月五日である。この訪問に先立ってちょっとした奇遇があった。四月の中旬から、南仏のペルピニャン大学に招かれて、ペルピニャンの町に滞在していたところ、ある日、昼食をご馳走になってから、大学の先生の案内で街の本屋に立ち寄ったところ、ルネ・ドゥペストルの全詩を一巻にまとめた新刊本(1)の広告が目に飛び込んできた。それればかりでなく、よくみると、夕方から、詩人が出版記念の講演とサイン会を書店で行うという張り紙が出ているのである。ペルピニャンから車なら一時間くらいで行ける距離にルネが住んでいることは分かっていたが、まさかこんな形で再会できるとは思っていなかった。夕方の会はずっと前から予約されていたようで、さもなければ、奥さんのネリーが昨年末に倒れて以来、病院の見舞いと一人暮らしで大変なルネ（元気とはいえ、八十を越えている）は滅多なことでは、ペルピニャンまで出てくることはないという。サイン会が終わってから、しばし、雑談していた際に、ペルピニャン大学でもし講演とか学生ゼミにゲストとして来てもらえるようなら、ぜひお願いしたいと切り出してみたが、どうも無理ください。それでも電話をしてみてくれということなので、ペルピニャン滞在も今週で終わりというときになって、レズィニャン＝コルビエールに電話をかけた。やはり大学まで来るのは無理だということになり、そのかわりに、土曜日に私が家まで会いに行くことになった。お昼頃に来てくれれば、アペリチーフを飲んで、それから近くのレストランへ行って、お昼ご飯を一緒に食べようということになった。その年の四月半ばから五月にかけては、毎日晴天つづきで、気温も高く、ひととびに夏が来たような陽気だった。私はなるべく幹線道路からはずれた山の中の道を走って、お昼少し前にレズィニャン＝コルビエールの町に着き、カフェでコーヒーを一杯飲んで、二年前に一度来た町外れの街道沿いにある「ヴィラ・アドリアナ」（小説のヒロインの名にちなんだ命名）に向かった。ルネはいつもの穏やかな物腰で迎えてくれた。ネリーは二度目の発作に襲われ、現在は小康状態を保っているが、面会謝絶だから、見舞い客は受け付けない、と言った。邸内は、二年前の復活祭の休暇のときとはうってかわって、ひっそりとしている。オリーヴをつまんで、アペリチーフを飲んでから、車で郊外のレストランに行った。そこはやはり、二年前に、一度連れて行かれたところだった。「詩はこの間の本でもうおしまい、あとは回想録だな」、とルネが言った。「出たら、日本語にはぼくがします。」ルネは年を感じさせないくらい若いけれど、ぼくも今や年金生活者ですから、急がないと……」と応じる。「この村の住人になってかれこれ十数年になるけれど、町の人たちと交流してきたので、いざというときには、色々手をかしてくれる。ネリーが倒れてからは、食事のことまで気を配ってくれるから、ありがたいよ」とルネは言う。世界中を放浪したカリブ海詩人が最後に身を横たえる場所として選んだのがこの地だと思うと感慨深いものがあった。食事が終わり、ルネを家まで送り、門前で別れた。今度会うのはいつのことかと思いながら[2]……。

(1) René Depestre, *Rage de vivre. Œuvres poétiques complètes*, Paris, Seghers, 2007.

(2) と思っていたら、翌二〇〇八年の六月末から七月初めにかけてC.I.E.F.(アメリカ系の仏語圏文学会)の大会がフランスのリモージュで開かれ、大会のメイン・テーマが「クレオール文学」だった。グリッサンやセゼールの研究家として長いキャリアーをもつフロリダ大学のベルナデット・カイエに誘われて参加したところ、大会のゲストとして、小説家ポール・コンスタン(一九九八年ゴンクール賞を受賞)と共にルネ・ドゥペストルが招かれてきていた。南仏のモンペリエ大学の教授でヴァレリー研究家のセルジュ・ブルジャが司会するパネルディスカッションで、会場にいる筆者の姿をめざとく見つけた司会者に「クニオも来ている」と名指され、ドゥペストルに手を振って挨拶した。そのあと夕方のパーティーの席で親しく言葉を交わしたのである。ドゥペストルは、その年、リモージュのメディアテークに蔵書を一括して買い上げてもらったらしい。

南仏の自宅書斎で仕事をするドゥペストル（2005 年）

第X章　フランケチエンヌ

フランケチエンヌ

〈スピラリスム〉の創始者

ハイチの詩人・作家・画家・俳優のフランケチエンヌ Frankétienne（一九三六年生）については、すでにモノグラフィーを書いている（『フランケチエンヌ――クレオールの挑戦』、現代企画室、一九九九）ので、ここでその人と作品について詳細を記すことはしない。一口に言って、極めて特異な人物であり、異才を放つ人物であることはたしかである。一九九九年の五月に、筆者がお膳立てをして、国際交流基金の招きで日本にやってきたときにも、いくつかの大学でハイチ文学について講演会をする一方、画を持参して個展を開き、自作自演の一人芝居を演じたり、一人何役かのマルチタレント振りを発揮して、みんなを驚かせた。初めて会ったのは、私がハイチを訪れた一九九八年七月のことで、現地の若いジャーナリストの案内で自宅に案内されたときである。その翌日にポール＝オ＝プランスの山の手ペチオンヴィルのホテル「エル・ランチョ」へ訪ねてきたことがきっかけとなって、来日の話が始まり、東京のハイチ大使の尽力を得て、実現の運びとなった。歌をうたい、演技をし、文章も書くということだけなら、現代の芸能界のいわゆるマルチタレントというのと特段にかわらないが、フランケチエンヌの場合はどうもそれらが彼の創造力の核心部分で渾然一体になっているようで、詩と画と演技の三つの分野にそれぞれ才能を発揮しているというよりは、それらの三つの側面を彼の創造表現の全体として、トータルに捉える視点が不可欠であるように思われる。したがって、詩人としての側面だけに光をあて、これがフランケチエンヌだというのでは、他の誰とも違う独自性をいうことができない恐れがある。したがって、以下に紹介するのも、そうしたトータルな視点からすれば、ごく一面にすぎないことを予め断っておかなければならないだろう。その上で、フランケチエンヌにアプローチする際の基礎資料として二つの面にスポットライトをあてることにする。

カナダの雑誌『漂流』*Dérives*（この雑誌は今は廃刊になっている）の「フランケチエンヌ」特集号（53/54, 1986/1987, sous la direction de Jean Jonassaint）に長編詩「朝まだきの馬」*Les chevaux de l'avant-jour* が掲載されている。「プロローグ」「誕生」「生きる／苦しむ／愛する／生き残る」「エピローグ」という構成で、およそ千行を越える詩である。コスミックな天体の運動と「夜明け」のイメージから始まり、詩人が誕生し、生の苦しみ、愛の葛藤、生き抜くことの意味を問いつつ、次に生まれてくるものへ未来を託していくような「物語」が、漠然とではあるが、全体をつらぬく結構としてうかがえるような形になっている。エキセントリックであると同時に徹底してエゴセントリックであることを身上とする《スピラリスト》[1]フランケチエンヌの原点を歌ったような作品である。書誌情報によると、一九六五年の作となっているが、初版は入手できないので、雑誌に掲載された仏語原文を底本として、抄訳を試みる。

（1）スピラリスム spiralisme については、後述の《分裂音の鳥》を参照。

朝まだきの馬　*Les chevaux de l'avant-jour*

プロローグ(1)

惑星、銀河、天の川、そうした火を随所にピンでとめたような広大な青い空間に黄金の八分音符の形をした沈黙のシンフォニーが轟く。

どうして不在と休拍があるのか？
すべての長すぎる休止は話し、聞く意欲をもった者たちの喉と耳を苛立たせる

太陽に捧げられる賛辞の熱気
けして眠らない見開かれた目
それは星の輪舞が声なき眩暈を
うみだすところ、空に炎上する
一つの心か？

どうして躊躇と欠落があるのか？　真の知恵は沈黙から生まれることがあるのか、それとも叡智は生の困難に抗して植えられた果樹に負けないくらい青い強靭な言葉から胚胎するものなのか？

谷間の窪んだ胸奥の空気の溜りが破裂してぴゅうぴゅう鳴る、解放された風が夜明けに奔馬のごとく疾走し、始めも終わりもない一つの現実、歴史、伝説を変貌させようとする。

すると丘陵《モルヌ》からやってきた生温かい雨が透明な青い翼を羽ばたかせ海へ向かう、生の鼓動にふるえる子宮、無機質の肉となった流動性、運動と形を生み出す母となった海へ向かう。

砂漠から森へ、島から大陸へ、大地から果てしない広がりへ、私は一切の神秘を否定し、私の強い、美しい声を、惜しみなく、人間の聖歌《カントゥス・プラーヌス》 自分の体の血と新しいものすべての名によって洗礼を受けた人間の聖歌に捧げる(2)。

夜明けの奔馬たちは、剣と光をたずさえて、猛禽たちを蹴散らかし、猛禽や齧歯類や寄生する昆虫たちによって荒らされた平原を進んでいく。

カラスやネズミ、ゾウムシやバッタを殺せ、そうすれば、根はふたたび、暁の旅人たちにとって、夜の耕作者の手で樹木になる。

嵐の太鼓が死んだ時代の長い歩道で螺旋状に音を響かせる。肉の一撃、血の一撃、空間への一跳びが子どもを、七つの道が交叉するところで、四半頭身だけ成長させる。七つの道は人間の無限に開かれている。人間は生まれ、苦しみ、闘い、王国も王座もない塵と神々の灰の上で生き延びる。

おお記憶のない世界よ！　希望の半歩、光の漏洩の一つひとつ、螺旋状の跳躍の一つひとつが、広げた手の幅を測ることをけして忘れるな、広げた手の幅はもはや親指と小指の間の距離ではなく、われわれ各人から最も遠い銀河の膨張する踊りまでの距離なのだ。

生まれる③

白熱の大地
太陽から脱走した娘は
火照った顔をゆっくりと冷やし
無機質の上皮を硬くし
熱と火山で燃える心奥に
炎を赤々と維持している

海緑色の泥土の広がり
海底の青いきのこ
死んだ浜の緑のきのこ
一包の沈黙となって
水と分離して
名前のない生

螺旋の多極
細微と極大の核を
延長する
その核から
堆積運動が奔出する
おお永遠の物質の
多様性と統一
時空の中で
通過し変形する
すべての対象に挨拶！

（…）

おお年代のない欲望
激流の川
快楽の嵐
おまえの腰の火の輪
腰紐のないおまえの情熱
おまえは昔よりなおずっと若い。

しかし私を抱きしめて
まよわず言え
言え　私の兄弟　私の王
新しく生まれた子の父
私の耳穴に言え
かくも甘く
かくも美しい
クレオールの女王を征服する
おまえの炎の秘密を

初めておまえに会ったときから、おまえを愛することしか知らず、飽くことなくおまえのあとを追うことがどうして可能なのか？

おお我らが選ばれし誘惑者よ
私に言え　わが民の女たちの心をとらえる唯一の言葉を
そうしたら私は今宵にも
私が愛するすべての女を
彼女たちの海の体と
大海原を手に入れよう。

（…）

さすらい人よ、隘路にさしかかり、汝は逆らう馬に炎の拍車を入れてふるいたたせるのか？

新しい山並みを傲岸に行進するときに、軽やかな鉄の矢となって生まれ出ようとするのか？

おお！　降雨よ！　垂直の泉の指揮官よ！

汝は苦労の粗朶の束に盛大な火を放つ
もはや疲れを知らず
行く手に突進し
汝の馬は精力を維持している

燃える目で、汝《な》は栗毛の馬のたてがみを愛撫する

うずくまった汝が妻は四方に広がった千の隊商の到着を期待して手を温めている

汝の地方の熱は新しく、美しいものを求めてやってくる夜明けの旅人たちすべてに集結の場を提供する

見よ、巨大な炎が鋭鋒の左の斜面に突進している
歓喜が百万の胸から沸き起こり、汝は誕生を祝う唯一の声を発するだろう
大音響の太鼓が打ち鳴らされ、ヴァクセン[4]が唸り、法螺貝が吹き鳴らされる中で汝は待ち望まれた生の目覚めを宣言する
夏の酷熱の尻に、大粒の雨がのしかかり、すべての植物が芽生え、すべての葉が緑なす
誕生した時の庭師として、汝は自らの体の血潮をもって、新たな事象の小さな種のすべてに洗礼を施すことができるだろうか？
おお最高の誕生の荘重な響きに力強く、豊饒なる言葉を与える創造者よ！　敵は汝を妬んでいる
我は！　汝の勇気と
汝の栄光を高らかに宣言する！

（…）

ハイチ
カリブの女
アメリカの熱い芯に
裸の硬い乳房をもって水浴する女
おまえは大陸の空色のプールで浮身をする

臍を出し
眩暈と光輝に永遠に狂った
太陽を挑発し誘惑する

インドの女
黒ん坊の女
島々の炎
わが愛のハイチの女

私はおまえの犬だ
おお貪婪にして自堕落な海
わが島の腰帯
おまえは海岸を黄金色に飾る
砂浜の陽気な賑わいに
錯乱する

(…)


わが国の高く険しい山々よ!

ケンスコフ⑥! ラ・ブール⑦!

八月の腹ばいになった空の垂れ下がった乳房! このサイクロンの季節にどんな強壮な馬たちが、夜明けに、攻撃されるポール=オ=プランスの海へ、汚れた灰色の雲の車両を引っ張ってくるのか?

怒り狂った風が霧に覆われたラ・セル山⑧の上に厚いクリーム色の雲を打ちつけ、海風がわが町の青い入り江のマングローヴの茂みを騒がせ、西方の蝶番《ちょうつがい》をきしませる
白髪の老女が、木造の小さな家の天窓から、家禽の赤い色の糞が樋から垂れる雨水の溜りに溶けるのを見ている

沼地や屋根でぱちぱち跳ねる雨に注意して、老女はしゃがんだ侍女に予言する。これから一週間空は閉ざされるだろう、と。トウモロコシ、バナナ、アボカド、青いマンゴを小屋の隅にとりこむのだ！　客間の鏡に白い布をかけなさい！　嵐の季節だ。

年輪の知恵が語り、子どもたちは傾斜のある屋根から降ってくるシャワーを裸に浴びて大騒ぎする

それが山々の強靭な筋肉に打ちかかる田舎の人々の生活だ！

わが国のナゴ踊り(9)は眠りと夜明けのめざめの間《はざま》にある

その青春と勇気は入り海の狭くなったところで力を溜めている

その忍耐は山々に降る雨の緩慢な茎で熟す

緑の種まき
芽の炸裂
茶色の腐植質はすでに穂の黄金色にこめられた
陽光のおびただしさを告げている

（…）

おお若者よ、人となる苦しい道を学ぶ者！
今は少し汗を乾かし
肩を張れ
そうすれば闘牛のように力が戻る！

丘陵の股間をごぼごぼ流れる水音をよく聞け

けして倦むな
湖へ否応なく向かう運命の傾斜に逆流する雨水の迸りを受けとめよ

勇者は独りで闘いにいどむ
彼らは城壁を引っくり返し
鉄の錠前を破壊する

暦の冷たい算術を探求せよ

反対物の代数を解け

嘘の巣穴を掘れ
策略の覆いをはがせ
鉱脈を骨の白さまで精錬しろ
日の腕に光を一巡させよ
無償の語で作られた言語の化粧を落とせ
夕方になる前に裸の真実を見出せ

石の継ぎ目で
白い石灰石が
血を流す

おまえの藁屋根と土間の農家のために
そこから少し石灰を引き出せ

窓のつぶれた目に
明け方に頭を曝して
風の動脈を見分けよ

朝の小走り
海の青い感覚
滝の濡れた肉厚の舌

（…）

聖なる日の一日、開かれた脚の鋏が風の柔らかな布地を切る
果実の肺が平野の甘い水を中にとりこんだ西瓜畑まで進む
苦痛が死んだ女のように重々しく横たわった顔に炸裂する火の花束を整列させる希望をけして失わないこと
肩の上にまっすぐ載っているかぎり、どんな弱い頭も正午には必ず広縁の麦わら帽子をかぶらないだろうか？

地球が自転することを忘れたのか？
地球とともに
事物とその影
心とその理性
螺旋状の生
けして希望を失わないこと
呼吸をしているかぎり

おまえの強い腕で、日の一翼をきちんと支えること
マホガニーとオークの細脈と節《ふし》に鉋をかける
刃が木の皮をはぎ、螺旋状の切りくずの一つひとつにおまえの汗がこめられる
しかし塩の粉がふいたおまえの体は夜の一隅をみつけ、そこではおまえの木の長椅子が湿った土の中
に四本の杭をめりこませる
おまえの筋肉が子どもたちを養うための仕事で硬くなることを知れ

休みには再会を喜ぶ妻の腹の上でおまえの男の力を試せ
太陽の下で汗を流すかぎり、歩くときには、広縁の麦わら帽子をかぶる希望をけして失わないこと
(…)
狼男を食べるな
不幸の交差点の主に
子どもが眠る

蛇の乳を吸うな
列柱回廊に横たえられた
母の乳

ミミズを齧るな
去年の雨季に植えられた
ヤマノイモの根

食人種に嚙みつくな
バード・ピーマン(10)が道端にいる

小道を歩く脚

サソリを刺すな
柳籠の中に入れて
愛の護符《フェティッシュ》を嬉々として
運ぶ旅人の踵

投槍を壊すな
バジルの種で洗われた
光る目

あともう少し……
茎の一番敏感なところで
血がむきだしの声をあげる

眠らない目は
夜とその苦い皮を
食べる

朝の前衛に
槍のように尖った
鋭鋒のように垂直の
刃のように切れる
雄鶏の赤い歌

嫌な出来事を恐れるな
悪夢のあとにはめざめがある
剝《む》かれた皮の反対に
果実の液

われらは長く待った
海の底から
いそいで簗《やな》を引き上げよう

われらが震える手の緑葉に
われらが不安な愛の茎に
日の枝に
われらが眼差しと

われらが一徹な希望の
種を宿したサヤが
垂れ下がり、熟す

時間はかくも長きわれらが悲しみの後ろで黒い服を脱ぎ捨てる
暁の殺戮で、太陽は西で不意打ちした夜の皮を赤々と剝く
われらが恐怖のすべてを朝の粒子に集め、正午がわれらの喜びを叫ぶようにしよう

おお明るさよ！
太陽が雲を破瓜する

血を流す舌の後をきちんと追え

大口を開けて笑え

いっきに闇を貪り食う鋭利な犬歯に鑢《やすり》をかけろ

そして日没には
狂った風の鉄床《かなとこ》の下で
海の青い草を食め
(…)
人から請われるのを待ってはならない
待っていてもけして好機は訪れない、月の青に約束された無帽の美しい国などどこにも存在しない
おまえの命はおまえの硬い両手の中に脈打っているものだ
立ち上がれ
大地の固さを確かめ、行け
深い闇の中ではつねに片目で眠れ
誉高き闇を耕す者よ
ただ自身の命の水だけを飲み、夜明けを前に昨日よりも元気に進んで行け
年に一度休みを取れ、アナベル(11)の左の乳房に舌をつけて、人差し指と親指の間に左の乳首をはさんで

そして夜の訪れとともに、おまえの力と豊饒性を祝え

歓喜に腕を上げ
燃え立つ心を
火打石のかけらに結ぶ
石を打てば
火花が散る

炎がおまえの黄金のランプの落とし穴に墜ちた
カナリアの翼を揺り動かす

サイクロンは最後の赤いカッコーを
今夜にもおまえの足下に落とすだろう
嵐は早朝から蔦の索具と
竹の茎の間をひゅうひゅう鳴らすだろう

おまえは少しもたじろがない
おまえはマプー[12]の下に陣取る

そしてコントラバスとチャチャ[13]とスノキの
合奏のうちに答えを出す

冷静な頭で
陰謀を見破り
策略を回避し
剣術の師範の詭弁[14]を
解体する

長い間、すでに長い間、おまえはわれらが娘、われらが女、われらが男たちの心をとらえるサンバだった

古い時代のキュウリとナスの論争[15]以来、もう長い年月、おまえはパルマ・クリスティ[16]を塗った房髪に宿った光を保持してきた
おまえの光のいくばくかを暗い道にどうして与えないのか？

されば腕を開け
手を手首まで持っていけ
おまえを介して生はわれらのものとなる

われらは山々の中核に新たな血の
走るのと上るのを予感する

エピローグ⑰

刻々と、かくも巨大な矜持と狂気にはあまりに薄い樹皮に死の爪痕がつけられるのを認める
しかしながら幹の集まるところで樹液を希釈すべきだ、おまえにはその果実も緑陰も享受することは
かなうまいが
水辺に水瓶をもっていくのだ、その水はおまえの唇を濡らすことはないだろうが、おまえが上げる指
が永遠の重みをもち、世界の蝶番を無関心な事物の死重よりもずっと迅速に回転させることを知る
べきだ
おお不朽なるものよ！　おまえの腕の一搔きは不滅の鎖に輪を加える
おまえの恐怖を壊せ
おまえの身振りの射程や
おまえの声のこだまを否定するな

おまえは自分の顔を裸の手で瞬く間に造形することができる唯一の真なる神だ
おまえがなす偉大なことは、必ずや、風が吹聴し、おまえの息子が明日讃えるだろう、おまえが失敗したときに咎めるように

自分の足を恩知らずな砂の中に埋もれさせるな、砂はおまえの野営もおまえの失墜も記憶にとどめはしない

おまえが道々撒く種はおまえが探している水場へ人々を導くみちしるべだ、そこでおまえは自ら水を飲む必要はない

大勢の人々が長い間待っている、渇いた喉を潤そう夜明けを待っている、おまえの渇きは自ら唇を濡らさずともすでに癒されている

おお光輝よ！
やぶと丘陵の断崖から、源泉の饒舌な目に近づくこと
　おまえの夢が何世紀もの距離を貪り食う

おまえの大いなる叫びの釣り餌に

未来が食いつくのを感じないか？
おお！　生き残る
巨大なララ[18]を打ち立てて
すべての夜に喜びの炸裂する束を小旗のように飾りつけ
山脈の隘路から都会の舗道まで、朝まだきの馬の荒々しい
疾走を追いかける

(1)『漂流』、p. 43-44.
(2) カントゥス・プラーヌスはカトリックの単旋律聖歌。
(3)『漂流』、p. 46 ; p. 50-51 ; p. 55.
(4)「ヴァクセン」vacciné はハイチ・クレオール語で vaksen と呼ばれる竹筒で作ったトランペットで、祭りの行列の音楽で主役を演じる楽器の一つ。
(5)『漂流』、p. 61-62 ; p. 63-64 ; p. 66-68 ; p. 71-72 ; p. 79-81 ; p. 83-84.
(6) ケンスコフ Kenscff はハイチの首都ポール＝オ＝プランスの南東十キロの山中にある町の名前。
(7) ラ・ブール La Boule はハイチの首都に隣接した山の手の町ペティオンヴィルの地区の名前。
(8) ラ・セル山 Mont La Selle はハイチの首都の南、ドミニカ共和国との国境にある山。
(9)「ナゴ踊り」danse Nago はヴードゥーの戦争神オグーが闘う者に与える勇気と力を表現する踊り。
(10)「バード・ピーマン」piment-oiseau は赤トウガラシの一種。名称の由来は形が小鳥に似ているからとも、鳥によっ

て散種されるからとも言われる。
(11)「アナベル」Anabelle は綴りが違うが、やはり、死んだあとも変わらない「永遠の」愛を歌った名高いエドガー・アラン・ポーの詩「アナベル・リー」Annabel Lee を喚起するものと考えられる。
(12)「マプー」mapou は高さが十二メートルにもなる喬木（学名 pisonia costata）。
(13)「チャチャ」tchatcha は円筒形または球形の器の中に植物の種のような硬い粒を入れて音をだすもの。cha cha とも書く。ラテンアメリカ音楽（とくにキューバ）で使われるマラカ malaka に相当。
(14)「詭弁」は原文で perlin という言葉が使われている。ハイチ・クレオール語（pèlen とも綴られる）で「罠、陥穽」を意味する。
(15)「キュウリとナスの論争」la querelle des concombres et des aubergines はハイチ神話で「昔のものごと、古い時代の喧嘩やいさかい」の意。
(16)「パルマ・クリスティ」palma-christi はヒマシ油（ricin, castor oil）。
(17)『漂流』、p. 85–86.
(18)「ララ」rara はハイチの復活祭の行列で演奏される音楽。

＊

フランケチエンヌに「スピラル」spirale と名付けられた作品群がある。というよりも、初期詩篇・初期散文そしてハイチ・クレオール語で書かれた小説『デザフィ』を除くと、そのあとは膨大な量のスピラル作品が生み出され続けて今日にいたるといって過言ではないほどである。そもそも「スピラル（螺旋)」とは何か。二〇〇五年にカナダのモントリオールの出版社(Mémoire d'encrier)から出た『フランケチエンヌ——秘密のアンソロジー』*Frankétienne, anthologie secrète* の「スピラリスム」の項には次のように書かれている。

> 一九六三年から一九六八年にかけて、スピラリスムの運動が生まれた。それはベレール〔ハイチの首都ポール=オ=プランスの地区の名称〕に住んでいた私の母アネット・エチエンヌの家で頻繁に開かれていた文学仲間の集まりの席においてのことだ。ルネ・フィロクテート、ジャン=クロード・フィニョレ、ベラール・セナチュス、ギー・グレージュに私というメンバーで、それまでの、フォークロアーと平板なナラティヴから成る古いエクリチュールと決別しなければならないという議論が起こったのだ。この運動の成果は、一九七二年に出版された『ウルトラヴォカル』*Ultravocal* と「分裂音」schizophonie というコンセプトの援用に見ることができる。
>
> スピラルとは厳密に定義された評価基準《クライテアリア》によって画定されたエクリチュールの体系ではない。スピラルの美学は不可測性、意外性、両義性、外挿性、偶然性、カオス構造、不透明性に隣接した暗黒次元、迷走などを含意する。スピラルとは物質と精神の間に仮想された差異を乗り越えることによって、弁証法を一歩先に進めるものである。物質と精神は、無限に変化する様相の下に形成されるエネルギーにおいて、合流し、相互浸透し、一つになる。スピラルは包括的でありながら炸裂した、トータルでありながら断片化した、開かれていながら眩惑的な作品を、逆説的に、表象するものなのだ。

この本の編集にはフランケチエンヌの若き友人ロドネ・サン=テロワが積極的に関わり、かつ興味深い一連の写真を提供しているが、上述の筆者のモノグラフィーに同じロドネ・サン＝テロワのインタヴューに応えて、フランケチエンヌがスピラルを定義した言葉が引用されている。読み合わせるともう少し理解が進むかもしれない。

フランケチエンヌ　スピラリスムは自動的にスピラルという概念に連動するが、その概念には科学的かつ哲学的な含意がある。幾何学でスピラルと言えば、出発点の核の役割を果たす中心点（定直線）の周りを一定の角度で回転しながら描かれる無限の弧からなる開かれた曲線である。この弧の連続が空間を備給して、無限に開かれた果てしない道程へ誘う。それは逃れゆくものと持続するもの、移ろいゆくものと非時間的なもの、抽象と具象、現実界と想像界とを統合することによって、一連の断絶を合算する、というか、総合する目くるめくような軌跡である。さらにいくつかの概念がスピラルには包含されている。完結不可能なものへ向かう運動、一つの時空連続体内部における流動性、境界のない革新運動のプロセスにおける相乗効果の総体、拡大する星雲場《ば》への想像界の炸裂、銀河系の基本構造といったものだ。生物学の進展（細胞増殖、生殖現象、遺伝子コードなどを通して）もスピラルの力学で展開している。スピラル作品の特徴は本質的にその流動性にある。平行運動、置換運動、浸透性、両義性、外挿法あるいは逆説といった様々な運動プロセスを通して、テクストの諸要素間で不断の往来があるのがスピラルである。

（『フランケチエンヌ——クレオールの挑戦』四六‐四七頁）

スピラリスムの概念を説明するこれらの言葉は、実際にフランケチエンヌの作品に接してみると腑に落ちるていのものである。例えば浩瀚なるスピラル『分裂音の鳥』（*L'Oiseau schizophone*, Editions des

Antilles, 1993〔パリの本屋から出た版 Jean-Michel Place, 1998 があるが、本稿では旧版を底本とする〕のページを繰っていくときに読者が感じることが、そのまま余すところなく、これらの言葉によって表現されているように思われる。試みにその頁の数葉をみてみよう。

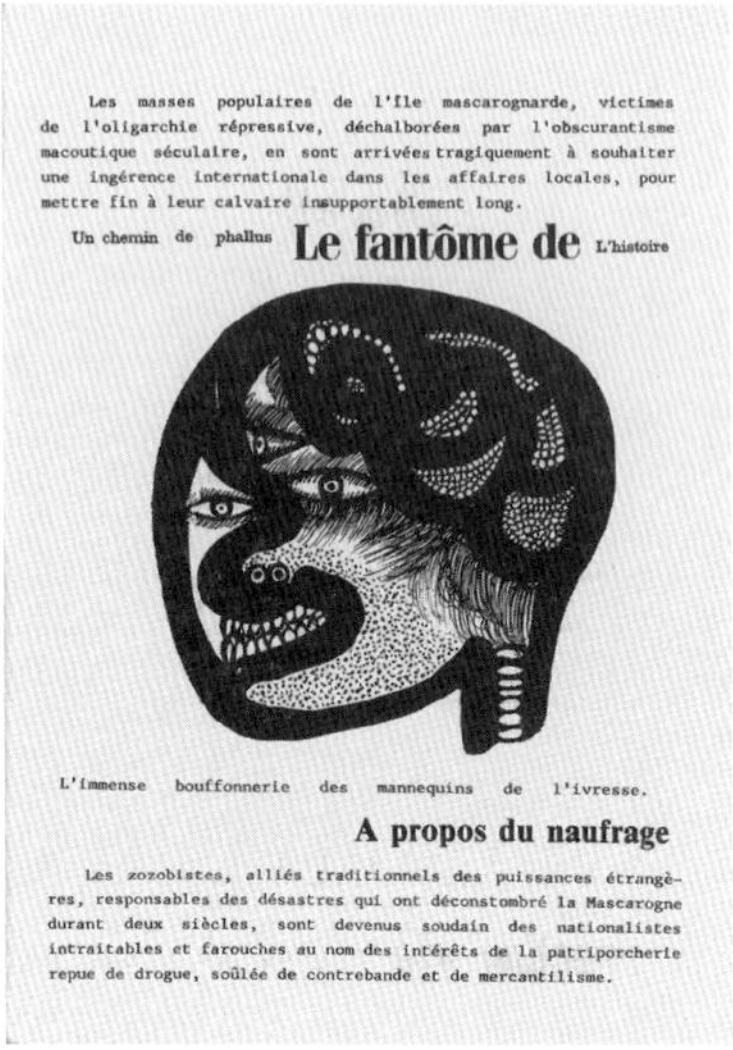
Les masses populaires de l'île mascarognarde, victimes de l'oligarchie répressive, déchalborées par l'obscurantisme macoutique séculaire, en sont arrivées tragiquement à souhaiter une ingérence internationale dans les affaires locales, pour mettre fin à leur calvaire insupportablement long.

Un chemin de phallus **Le fantôme de** L'histoire

L'immense bouffonnerie des mannequins de l'ivresse.

A propos du naufrage

Les zozobistes, alliés traditionnels des puissances étrangères, responsables des désastres qui ont déconstombré la Mascarogne durant deux siècles, sont devenus soudain des nationalistes intraitables et farouches au nom des intérêts de la patriporcherie repue de drogue, soûlée de contrebande et de mercantilisme.

（地の文の大意）

マスカローニュ島〔架空の島〕の大衆は独裁権力の犠牲者であり、長年にわたる〔トントン・〕マクートの蒙昧主義によって根扱ぎにされてきたため、こともあろうに、自分の島の問題に国際的な力を介入させて、長すぎた受難の苦しみに終止符を打つことを望むにいたった。

（ページの中央のデッサンの上下の文の大意）

男根の道　**歴史の「亡霊」**

酩酊のマネキンたちの途方もない道化。

難破について

〔ということになると〕これまで二世紀にわたってマスカローニュを壊滅状態に追いやってきた元凶で、外国勢力と手を組んできたゾゾビストたちが突然ナショナリストに変身したのである。麻薬が充満し、密輸とあくどい商魂が横行する豚小屋同然の祖国の利益のためにという御旗を掲げた、強情で獰猛な連中である。

（『分裂音の鳥』三三五頁）

引用したページの内容からも推測されるように、これはハイチの独裁政治時代の閉塞感と恐怖を主題とした壮大なアレゴリー空間である。マスカローニュ島とはハイチがその西側三分の一を占めるイスパニョーラ島であり、独裁政治時代とはパパ・ドックの異名のあるフランソワ・デュヴァリエとその息子ベビー・ドック二代三十年間におよぶ恐怖政治が行われた時代のことである。A4紙の上部を三センチほど縮めただけの大判で、八一二頁もある大著の裏表紙に物語の骨子が次のように要約されている。「かつてない、既成の美学を根底から揺るがすような書物を発表したために、プレディロムの異名で知られる作家フィレモン・テオフィールは、ゾゾビスト〔ハイチ・ヴードゥー教の「ゾンビ（墓場から蘇って悪さをする死人）」と「無知蒙昧な人、ばか」の意味のフランス語「ゾゾ」を引っかけたフランケチエンヌの造語〕体制の情報局に所属する秘密局員によって拉致される。帝国軍兵舎内に設置された、恐るべき訊問委員会としてその名を知られた、政府安全監視委員会の前に引き出された作家は、死の婚礼部屋といわれる部屋に監禁され、自分の書いた本を一頁ずつ食べる刑を宣告される。そこから肉体とテクストと大脳皮質の炸裂が起こるのである」、と。しかしこの物語は他の諸々のエピソードや章句（それらは大小の太字、白抜き文字、斜め書きなど様々なフォントを使って表現されている）と輻輳し、文字通り、ポリフォニックな空間を構成している。おびただしい新語の創出、フランス語とハイチ・クレオール語の相互浸透、そして象徴性・抽象性に富んだ自作の絵画の挿入というふうに、作者の想像力がいたるところで横溢し、一種のオーラのような、異常なエネルギーの放射に読者はさらされる。ここに「分裂音」と訳出した「スキゾフォーヌ」という言葉も、「スキゾフレニー（精神分裂）」を念頭において、フランケチエンヌが作った造語であるが、「鳥」（「オワゾー」oiseau から、「ゾゾ（ばか、お人よし）」が派生してくる）にかかっているので、「分裂音の鳥」とは、「支離滅裂な言葉を発して、人心をたぶらかせ、支配する輩（独裁者）」の意と取れる。しかし、それは同時に、空前絶後の言葉遊びに挺身した作者自身を暗示しているようにも読める。恐怖時代を「逃げずに」、ということは、他の多くの知識人たちのように「亡命せずに、祖国に踏みとどまって」生き延びた作者が身につけた保身のための巧妙なカモフラージュかもしれない。

『分裂音の鳥』から、もう一節、不断の饒舌をならいとしたこの書物の裏をかくようなエピソードを訳出してみよう。

L'œuvre majeure
inachevée
la dimension du temps
ininterrompu
le long du labyrinthe

Partout où il allait, le perroquet totolocoto jacolocoto le suivait et répétait fidèlement toutes ses paroles. Un jour, exaspéré par le mimétisme et le psittacisme qui enflouraignaient invariablement la texture quotidienne de sa vie intoxiquée par les charlaries répétitives et les paroleries dérisoires de l'animal, il s'adressa adroitement au vieux sage du village, pour lui demander des conseils au tuyau de l'oreille. Et le vieillard aux cheveux blancs lui répondit en un murmure quasi imperceptible, un chuchotement à la limite même du silence:

- Coupe-lui la langue, il ne parlera plus; il s'exprimera par le chant. Tranche-lui la gorge, il ne chantera plus; il gesticulera, il jonglera et funambulera sur la balançoire. Enlève-lui les pattes et les ailes; tue-le; anéantis-le; il deviendra miroir et revivra dans ton image chaponnée d'ombre.
- Alors que faire?
- Tais-toi parfois. Tais-toi souvent. Si possible, sans le moindre mouvement. Ainsi ton fidèle et gentil perroquet s'initiera doucement au silence de ton corps immobile.

La logique... la sagesse...
Pourquoi tous ces fous ?

（上部の太字）
未完の　大作
不断の　時間の次元
迷宮に沿って

（地の文）

どこに行っても、おしゃべり鸚鵡が後をつけてきて、自分（＝フィレモン・テオフィール）の言葉を忠実に繰り返すのだった。ある日、鸚鵡の執拗な物真似と意味を理解せずに言葉を繰り返し、くどくどと小ばかにしたようなおしゃべりに汚染され、生活の肌理《きめ》が荒くなるばかりなのに苛立って、彼は村の古老のところに小声で相談に行った。すると白髪の古老はほとんど聞き取れないような小さな声で、ささやくように、答えるのだった。

――舌を切ってしまえ。そしたら話せなくなるだろう。今後はさえずるばかりさ。喉を掻き切ってしまえ。そしたらさえずることもできないだろう。今後は身を震わせ、ブランコの上で綱渡りを演じるばかりさ。足と翼を切ってしまえ。殺してしまえ、奈落の底へつきおとせ。そしたら、鏡となって、おまえの去勢された影の中で生きるほかないだろう。

――そしたら、どうしますか？

――おまえが時々黙るのだ。おまえ自身が口を利かないようにしばしばするので。できれば、じっと動かずに。そうすれば、おまえの忠実な優しい鸚鵡は次第におまえの不動の体の沈黙に慣れて行くだろう。

（下部の太字）

論理性……　　叡智……

どうしてこんなに頭の変な連中が多いのか？

＊

二〇〇〇年を越えてから、再び創作力に火がついたように、フランケチエンヌはめざましいテンポで、スピラル作品を刊行する。『光の卵』*œuf de lumière*（二〇〇〇）、『英雄／エロス＝キマイラ』*H'Eros-Chimères*（二〇〇二）、『豪雨』*La Diluvienne*（二〇〇五）、『熱い裂け目』*Brèche ardente*（二〇〇五）、『カオス＝バベルの銀河系』（二〇〇六）である。このうち『英雄／エロス＝キマイラ』は二〇〇三年のカリブ海カルベ賞を受賞している。二〇〇四年にはパブロ・ネルーダ賞が贈られ、その年からノーベル文学賞候補にノミネートされる。二〇〇二年と二〇〇六年の《スピラル》をのぞいてみよう。

写真（フランケチエンヌの横顔）の左「秘教的象徴主義」　写真の右「一種の反芻」
写真の下（手書き）「突然変異《ミュータント》の私の顔に灼熱の星々がつき刺さる。私は無限の渦巻きからなる星雲を横切って、「英雄／エロス＝キマイラ」たちの王国にたどりついた。私は純然たるハイチ生まれ、ハイチ育ちの黒ん坊、裏返しの肌〔「白い肌」の意〕と深海の目〔「青い目」の意〕をもって、あらゆる破局を乗り越えて生き残った、真性なる突然変異である。」
（『英雄／エロス＝キマイラ』二四一頁）

＊

凹凸のはっきりしない
骨格のめりはりがない
輪郭の不鮮明な
力ない肉体が
ぶるぶる小刻みに震える。
深淵を渡るには風の強度が必要だ。
しかしまずは風の想像力
風の根っこ
風の翼
風の肺
風の観念
風の魂がなければ
深淵の上を
光のように
飛び越えることは
かなわない。

Tremble et frémit
la chair flagada
aux contours indéfinis
sans relief
sans saillie osseuse.
L'intensité du souffle
pour traverser l'abîme.
Mais d'abord la force imaginaire du souffle
les racines du souffle
les ailes du souffle
les poumons du souffle
l'idée du souffle
l'âme du souffle
pour que le saut soit lumière
au-dessus de l'abîme.
558

（『カオス＝バベルの銀河系』五五八頁）

＊

フランケチエンヌのことを考えると、どうしても何か測り知れない巨大なエネルギーの放射を前にしているような感慨に襲われて、とまどいが生じてしまう。彼がこれまでに書いた（描いた）分量は厖大なものである。筆者が読みえた範囲はほんの僅かであると告白せざるを得ない。その作品はたしかに「既成の美学」を根底からゆるがせるようなものであって、うわべだけをなぞった読者ははじきかえされて、否定的な評価（「ゲテものだ！」「とてもつきあえない、読めない」）を弄するようになるかもしれない。しかし、虚心になって接すると、スピラルのここかしこから立ち上ってくるものは、恐ろしく敏感・繊細な精神（心）と猛り立って泡を吹いているような生命力（筋力、リビドー）の稀有な合体によって成立している一つの世界である。世界にさきがけて黒人共和国を樹立して以来、二世紀を経てなお、立ち上がれずに貧窮と悪（独裁者や大衆煽動家の輩出）のスパイラルに沈んでいくばかりの祖国ハイチに対する愛と悲しみ、自らの出自にまつわるオブセッション（母親が十三歳のときに、アメリカ人の富豪に犯されて自分が生まれたというトラウマ）などが主題となって、作品に、さまざまな形で変奏されて出てくる。一見おどろおどろしい表層の背後に見え隠れするのは、書く（描く）ことだけが「発狂したり、犯罪者になったり」しないための唯一の方途であったと告白する繊細な魂の裸形である。

一九九九年の日本訪問で親しく交際してから、五年の歳月を経て、二〇〇四年の三月末に、パリの「作家の家」で、偶然、再会した。彼はそこで開かれていた「ハイチ革命二百周年記念公開討論会」に、ゲストスピーカーの一人として、招かれていたのだ。討論会が終了して、散会する聴衆の波に逆行しながら、演台に近寄ると、私の姿を認めた彼が大きな身振りで喜びを表し、がっしりとした胸に私を抱擁してくれた。それから彼は、いつものように、会場の入り口で、自著の即売サイン会を開くのだった。フランケチエンヌの本は、名前が国際的に知れ渡った現在でもなお、大方自費出版である。最近は夫人のマリー＝アンドレがコンピュータを駆使して編集協力をしているようだが、夫は機会あるごとに、自家製の著書を抱えて、行商人よろしく、売り捌いているのである。その姿を見るにつけ、商業主義がはびこる現代の出版界に対する生きたアンチテーゼとして、文学とは何か、人は何故文学に励むのか、やむにやまれず作品を作るのかという根本命題をつきつけられるような思いがする。歴史の辛酸をなめた地域に胚胎したクレオール文芸には、読者をそうした根源的な思いにいざなう奥深さがあって、それが人々の関心をひきつけるのであろう。

翌日の夕方、サン＝ジェルマン＝デ＝プレ教会の前の「カフェ・デ・ドゥー・マゴー」で落ち合って、お茶を飲んだ。午後は旅先まで持ってきたゲラ刷りの校正で忙しかったという。私はパリに立ち寄る前に訪れた（南米）ギアナの話をした。末期症状を呈し、二月になって亡命したハイチのアリスティド大統領の話にもなった。政情が安定したら、ハイチにまた来るといい、私の目が黒い（「青い」というべきか）うちは、いつでも家に泊めてあげるからという話だった。明日からはボルドーのブック・フェアーに出かけるという。人間の会話にはつねに《距離》がある。目は笑っていて、にこやかでも、「あなたは私の外にいる人だ」と垣根を強く感じさせる人もいる。人付き合いが悪くて、口下手で、近寄り難く思われる人でも、いつのまにか《境界》があいまいになって、お互いに懐深く相手を受け入れあっているような事態も起こる。フランケチエンヌの場合は、敵か味方か、「他人」か「友人」か、まず鋭く見極め、味方と「友人」には無制限の情愛を示す。かつてロドネ・サン＝テロワの質問に答えて、「私は友情とか、移ろいやすい愛の感情とか、人間関係の機微にふれる感覚には極めて敏感だ」と語っていたことを感慨深く思い出す。

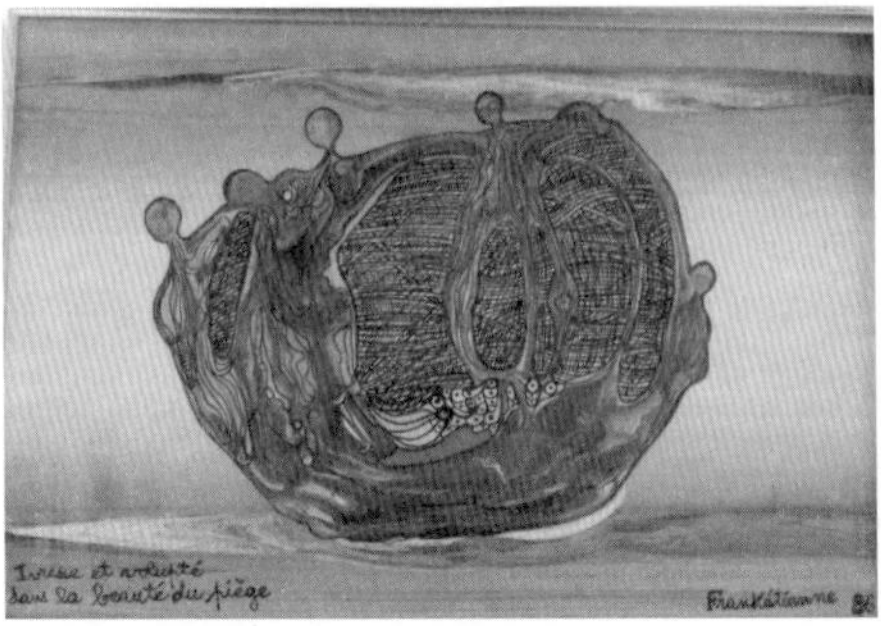

フランケチエンヌの画

第XI章　モンショアシ

モンショアシ

マルチニックのクレオール語詩人

本名アンドレ・ピエール＝ルイ André Pierre-Louis、筆名をハイチの逃亡奴隷の名前を借りてモンショアシ Monchoachi というこの詩人は、一九四九年カリブ海のマルチニック島生まれである。七〇年代後半にクレオール語の詩集を三冊（『ディシダンス（＝反逆）』*Disidans*（一九七七）、『朝露大将』*Konpè Lawouzé*（一九七七）、『ベル＝ベル＝ゾベル』*Bèl-Bèl-Zobèl*（一九七八））出し、八〇年代に入ってクレオール語とフランス語の二言語バージョンの詩集を二冊（『マンテグ』*Mantèg*[1]、『ノストロム（＝我らが男）』*Nostrom*）出した。この二冊の詩集で詩人としての評価を確実なものにしたようで、筆者が初めてマルチニック島を訪れた一九九七年八月、現地で知り合った大学人や作家たちがこぞって推奨するので、島の南のル・マランという町まで会いに行った。彼は以前からその町にあるヴァンサン・プラコリ文化センターの所長として、様々な催事を企画・実現してきた人物だった。風貌にはどこか東洋的なところがあり（ということは遠くカリブ人の血が混じっているのかもしれない）、もの静かだが芯の強い、しかし、温かい人柄だった。そして突然訪ねてきた初対面の客を町のヨットハーバーのレストランへ招いてくれた。

その後マルチニック島を訪れる度に会いに行って、親交を深めたが、二〇〇四年の正月には、筆者夫婦を家に招いて昼食の接待をしてくれた。三月に日本に招かれているので、いま少し日本のことを聞いておきたいという気持ちだったようだ。ル・マランの町を出て、うねうねと車で丘陵をのぼりつめたところに、風が小気味よく吹き抜ける、詩人の隠れ家のような風情の家があった。はるかに珊瑚礁と大西洋の白波が砕ける海が望める高台の一隅である。話はエメ・セゼールから、グリッサンを経て、ほぼ同世代のシャモワゾーやコンフィアンにまで及んだが、マルチニックの閉塞状況には相変わらず目にあま

るものがあり、彼としては先達や同輩のいずれとも違う立場を取りながら、何とか少しでも状況を打開していきたいという思いが強いようだった。九〇年代以降二〇〇四年まで、フランス語バージョンだけの詩集・散文を三篇発表してきた。『魔物たちの夜』*Nuit gagée*[2]、『月のかかる小屋』*La Case où se tient la lune*、『レスペール＝ジェスト』*L'Espère-geste* である。この最後の詩集が二〇〇三年のマックス・ジャコブ賞とグリッサンが主宰するカリブ海・カルベ賞のダブル受賞となり、新しい自信と境地が開けてきたように思われる。

モンショアシの詩業は初期の政治色の濃いものから、思索と抒情が渾然一体となった最近のフランス語表現の作品にいたるまで、クレオール語の源泉から最も豊穣な響きやイマージュを引き出している点で一貫している。邦訳ではその味わいがうまく伝えられないうらみがあるが、『ノストロム』で頂点に達したフランス語とクレオール語の二言語バージョンの試み（二つのバージョンは独立して取り上げてもそれぞれに見事な出来栄えであるが、クレオール語のバージョンが分かる者にとっては、同時進行するフランス語のバージョンと合わせ読むことによって、あたかも見事にハモった二重唱を聞くような味わいを満喫することができる）から、『レスペール＝ジェスト』にいたると、二つの言葉が完全に融合して、一見したところフランス語に収斂してしまったように見えながら、読み込むうちに、背後からクレオール語が立ち上がってくるようなおもむきがある。因みに表題のレスペール＝ジェストとはクレオール語の「レスペルジェス」lèsperjès に由来し、呪いをとく《身振り》、《お祓い》を意味する。したがって、「希望や期待を回復する身振り（le geste）、武勲詩（la geste）を含意すると考えてよい」と詩人は言う。

以下、順に、初期のクレオール語詩集『ベル＝ベル＝ゾベル』から「かくれんぼ」*Zwel*、「逃げる女奴隷」*Marronez* の二篇と、『朝露大将』の抜粋縮小版、(3) 次いで中期の傑作『ノストロム』からの抜粋を訳出して紹介する。そして最後にマックス・ジャコブ賞を受賞した詩集『レスペール＝ジェスト』から「何もない場所で踊る」*La danse au lieu vide* と「アレーフ」*L'Aleph* の二篇および散文『月のかかる小屋』（詩論）を訳出する。

（1）マンテグは様々な動物の脂を集めて固めた料理用の油脂で、クレオール語の諺に「マンテグをバターと偽ってよこさないで」Pa ba mwen mantèg pou bè というのがある。詩人が自らのアイデンティティを探求する際に、偽物ではなく本物にたどりつかなければという思いが込められている。

（2）gagé とはクレオール語で「変身する魔力を持った」の意。クレオール神秘主義で「変身」というのは「動物に姿を変える」ことで、カリブ海の夜はそうした変身した異形の者たちで溢れている。変身することをクレオール語では toune（＝tourner）という。

（3）フランスの雑誌『ヨーロッパ』*Europe* の一九八〇年四月号の特集「マルチニックとグアドループの文学」に掲載された縮小版。雑誌では、クレオール語の原詩にラファエル・コンフィアンの仏語訳が添えられている。

かくれんぼ① *Zwei*

アイ！　小さな光線
どこ行った
玄関の下に
首つっこんで
食卓の脚もとまで
来ていたよ
朝早くから
ぼくらは
かくれんぼしていたよ。

アイ！　小さな光線
どこ行った
ぼくは夜明けから
追いかけていた！
でも、ね、だめだった
ぼくの手をすりぬけて
いっちゃった。

母さんが言ったよ
「泣くんじゃない！
明日の朝には戻ってくる。
外に出たら顔を上げて
見てごらん
お空の真ん中で
輝いてるよ！」

アイ！　首をつっこんだ
小さな光線どこ行った
アイ！　アイ！　ほら
今日も出てきたぞ！
お日様が頭の中で回ってる
聖金曜日のララみたいに。

（1）Monchoachi, *Bèl-bèl-zobèl*, pawol pou timanmay tout laj, supplément à Grif-an-tè, n° 27, Fort de France, Désormeaux, p. 35. 題名の「ベル＝ベル・ゾベル」は直訳すれば「きれい、きれい、（お日様）光ってる」といったところ。口調のよさで名付けられたという。副題はクレオール語で「すべての年齢の子どものための詞」という意味である。なお「かくれんぼ」という意味のクレオール語 zwel は英語の that's well, it's well から由来し、「's well」→zwell となったとされるので、かくれんぼで隠れる方が「もういいよ」というのに相当する。

逃げる女奴隷(1) *Marronez*

母へ

今日は大きな日
今日はよき日
女奴隷が森へ逃げた！

今日は大きな日
今日はよき日
女奴隷がひとり
月が隠れるのを
待っていて
森へ逃げた
裏道伝いに

森の子ヤギ[2]を
踏んづけて
バッタ旦那[3]が騒ぎだす
なだめるために小休止
はやる心を落ち着かせ
ふたたび体を躍らせる
漆黒の闇の中……。

女が起きだし
立ち上がる
サバンナが燃えている！

黒人女がこの国に
連れて来られてから
彼女は大忙し
家事に、仕事に
支え、怺《こら》え
争い、戦い
頭《こうべ》を上げて、誇らしく

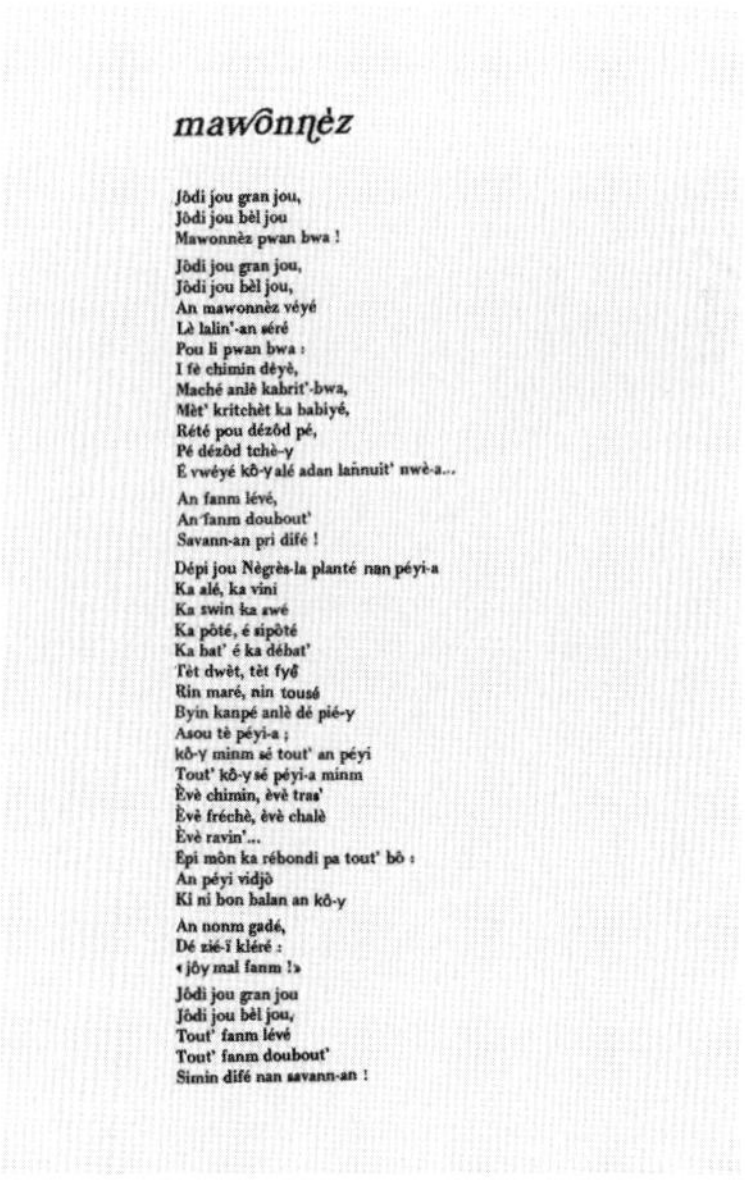

mawônnèz

Jòdi jou gran jou,
Jòdi jou bèl jou
Mawonnèz pwan bwa !

Jòdi jou gran jou,
Jòdi jou bèl jou,
An mawonnèz véyé
Lè lalin'-an séré
Pou li pwan bwa :
I fè chimin déyè,
Maché anlè kabrit'-bwa,
Mèt' kritchèt ka babiyé,
Rété pou dézôd pé,
Pé dézòd tchè-y
É vwéyé kô-y alé adan lannuit' nwè-a...

An fanm lévé,
An fanm doubout'
Savann-an pri difé !

Dépi jou Nègrès-la planté nan péyi-a
Ka alé, ka vini
Ka swin ka swé
Ka pôté, é sipòté
Ka bat' é ka débat'
Tèt dwèt, tèt fyè
Rin maré, nin tousé
Byin kanpé anlè dé pié-y
Asou tè péyi-a ;
kô-y minm sé tout' an péyi
Tout' kô-y sé péyi-a minm
Èvè chimin, èvè tras'
Èvè fréchè, èvè chalè
Èvè ravin'...
Èpi mòn ka rébondi pa tout' bô :
An péyi vidjò
Ki ni bon balan an kô-y

An nonm gadé,
Dé zié-ï kléré :
« jôy mal fanm ! »

Jòdi jou gran jou
Jòdi jou bèl jou,
Tout' fanm lévé
Tout' fanm doubout'
Simin difé nan savann-an !

腰紐括って、鼻先上げて
二本の足で
祖国の土に
しっかり立って
体自体が国すべて
体すべてが国自体
人道も獣道も
寒さも熱さも
谷間もすべて……
四方からせまる
丘陵も
強い発条《ばね》を
もった
強健な国

男がひとりきらきらした
二つの目で見ていた
「あっぱれな女!」

今日は大きな日
今日はよき日
すべての女よ立ち上がれ
サバンナに火を放て！

（1）Monchoashi, poèmes présentés et annotés par la Ligue d'Union Antillaise, illustration de Mama, Paris, Editions Germinal, p. 28–29. 標題の「逃げる女奴隷」は marronnèz（maronneuse）の訳。逃亡奴隷 maronneur（英 maroon）は反抗的な屈強の男性のイメージが一般的だが、ここでは女性が主題化されている珍しい例である。なお、この詩は『朝露大将』にも採録されている。

（2）「森の子ヤギ」kabrit'boi は「バッタ」のこと。カリブ海の島では日暮れとともに草むらでバッタが一斉に羽を擦り合わせて音をだす。夜の風物詩というにふさわしい独特の《音楽》である。

（3）「バッタ旦那」Mèt'kritchèt は注（2）の「森の子ヤギ」と同じもの。「踏みつけた」から、バッタ旦那が鳴きだした（「文句を言う」意）となっているが、それは詩的アレンジメントで、実際は、夜になるとすだくように一斉に鳴きだすのがバッタ（「森の子ヤギ」）の習性である。

『朝露大将』[1]（抄）　*Konpè Lawouzé*

——みなさんようこそお集まりで、それでは「エ　クリ！」

——エ　クラ！
——エ　ミスティクリ！
——エ　ミスティクラ！(2)
——お集まりのみなさん、今日《きょうび》は振り返って
どんな日だったかを考えるにつけ
昨日の果たした役割について詮索します
すると昨日はさんざん悪態を吐きますゆえ
今日は明日に助けを求めに行くという次第
——さあみなさん、エ　クリ！
——エ　クラ！
——中庭は寝ているの……？
——寝ていませんよ！
——それなら耳の穴を大きくして
つなげた二枚の葉っぱにまけずに
大きくして、よく聞いて下さい！

逃亡の時代　*L'Année du marronnage*（*Lanné Bwazaj*）

逃亡の年が火を点した

砂糖はまだ袋詰めされていなかった
まだ諸国も混交《まざ》っていなかった
黒ん坊たちは丘陵《やま》に入っていった
農園へ行く道すがらすでに
勇敢な者たちは虎視眈々と
監督官が熱い太陽に焼かれ
（あるいはラム酒に酔って……）
油断するときを窺《うかが》っていた
そして さっと身を躍らせる！

逃亡男《マロネ》、夜の主《ぬし》！
逃亡男《マロネ》、自由人！

火と血の時代　*L'Année du feu et du sang*（*Lanné ratibwazaj*）

火と血の時代
大地は空と出会った
太陽は雨と出会った
昼は夜と出会った

農園の黒ん坊は逃亡男《マロネ》と出会った
(歌う)
――今夜は容赦しないぞ……
――奴隷制度は総崩れ、ヤ　ヤイ……

感動の年　*L'Année du saisissement*（*Lanmé Bwazage*）

聞いて下さい、みなさん
日がやってきて
日が過ぎていき
日が日を生んで
日に継がれる
太陽は昇り
沈み
雨が降ると
濡れないように
体を守る
川は乾季に干あがり
雨季に床から出る

月は空を駆け
今日《きょうび》は急いで明日に
なろうとする……
奴隷制度は終わったけれど
奴隷制度の重圧で
彼らの顔は
死よりも暗く
彼らの心は
怒りと憾みで
張り裂けそうになっている
奴隷制度は終わったけれど
ベケの心からその思い出は
消えていない……
一八七〇年(3)……
感動の年。

欺瞞の時代　*L'Année de la mystification*（*Lanné Vèglaj*）

太鼓が突然鳴りやんだ。

彼は一日中立っていた
法螺貝がひとり片隅で
たたかうみたいに
無理に口を開かせると
彼は怒りと悲しみで
ぶつぶつ言った……
我らは体を縛る
鎖を断ち切った
でも我らは
奴らに魂を奪われた！
「黒ん坊は最低の人種だ」
「黒ん坊の陰謀は犬の陰謀」

朝露の時代　*L'Année de la rosée*（*Lanné Lawouzé*）

しかし、今日、ここに我らがいる
朝露の翼の上に――
空の一角が白み始めた
すべての働く者たちの心に対する約束のように……

しかし我らが民の根は繋がれている
我らが国の男たち女たちの
はらわたに……
すでに我らは大地に鍬を入れ、
種を蒔き、水を灌いでいる
我らはより美しい明日への希望を持っている！

（1）Monchoachi, *Konpè Lawouzé*, in *Europe* n° 612, 1980, p. 158-163.
なお詩中の小見出しにフランス語とクレオール語の原語（括弧内）を付した。

「欺瞞の時代」のクレオール語 Véglaj は「嘘」の意。「血と火の時代」の Ratibwazaj は「（土中の礫や木の根を除去して）開墾する」意のクレオール語の動詞 ratibwasé から造られた名詞で、「汗（血）と火で（逃げ込んだ）森を拓いて生活の基盤を作る時代」の意で、コンフィアンは意訳して、「血と火の時代」としている。

（2）「エクリ」／「エクラ」、「ミスティクリ」／「ミスティクラ」は語り部《コントゥール》が集まってきた会衆と話を始める前にやりとりする「掛け声」である。「クリック」「クラック」ともいう。

（3）一八七〇年はナポレオン三世の第二帝政の崩壊と第三共和制が成立した年である。

ノストロム（抄）*Nostrom*(1)

1

もし約束されたものがあるとすれば、その最たるものは、
ことば、ことばが我らに与えられているのだ
砂と風の衣装をまとったことばが。
だからそのことばを、すすんで、恩寵のごとく受け入れ
最大の敬意を表し、残酷かつ宿命的な主人として
君臨することを助け、わが身を、弦《つる》のごとく、谺のごとく
捧げよう
そして上る
愛人の泉に上るようにその源にさか上る
さらに上る
それとともに黄昏の最後の輪まで上る
その声が本当に聞こえてくるまで耳を傾ける。

2

哨兵たちは暁に夜勤をおえるだろう。
持場を離れると、顔を洗い、口を漱ぐだろう、

裸足の女児が入り口で手に注いでくれる雨水で。

しかし去りやらぬ夜に、ことばは成長する。
成長するにつれて、すべてのものが
接続し、交換し、
立ち上がる、
肉体と硫黄
月の目
黒い土の中の結晶
船の欄干
停泊地の灯《あか》り
岸辺に集まるざわめき
苦痛、血、後見人の鞭
それらすべてを解放する
女
一つひとつの石、一つひとつの死
すべてが一つにして永遠の
生の歌に結ばれる。

＊

哨兵たちは暁に夜勤をおえる。
持場を離れると、雨水で顔を洗い、口を漱ぐ、
裸足の女児が入り口で……
そこでも、日はまだ外だ。
ハマベブドウ(2)のことを考えただけで、
子どもは口が酸っぱくなる。
友だちよ！　我らが死ぬのは死に方を知らないからだ。
我らはことばとはなしの正しい使い方を知らなかった。

3

来たれ！　黄昏の鳥よ！　わが沈黙とわが苦痛に
降りて来い、かの人はどこにいるのか？……　もっと先か、
もっと後ろか……、もっと上か、それとも
下か、一番下か……？
ここには、虚しい建造物と穴のあいた仮面しかない、
ここには、流謫と記憶のない海しかない。
羽ばたきも、輝きも、素描もない。忘却の背後に何の影もない。

石までが私にその秘密を明かすのを拒んだ。
そしてわが分散した手で、逃げる日々の中に、
大気の中に、波の中に、探ってみても、
私が見つけたものは広大な沈黙ばかり、私はそこに私自身の
沈黙を引きずっていく。

4

それから女がやってきた、女の乳の捧げもの、
夜の捧げものをもち、頭に鉢巻をした、女が
やってきた、頭を巻くのは、海と曙と黄金の輪……
男が大いなる沈黙にあるとき、ひとり女がやってきて、
沈黙する男を前に、女だけが口を開き、言う。
「私の腰はきりりと紐で結ばれ(3)、口は香辛料と海の泡が
いっぱいつまった黒い壺。見て、私が漂着したのはここ、
私が芽をふくのはここよ。誉《ほまれ》あれ！
すべての創造者に誉あれ！　女である私が男を創った、
そして彼が沈黙する中、私は女のことばを護る。
しかしながら、愛をわが体、汝が体、そして、死のかなたへ
運ぶこの息吹、私の内なるこの息吹は何なのか？

それは、女の中で、人間の叡智よりも大きなことばなのか？

わが腰は夢と潮で巻かれている、わが腰は
大波と潮騒で巻かれている……
そして人々はどこかで不在と忘却に住んでいる。
先鞭をつけるのは私だが、決着は権力者の問題だ！

しかし女は、
暁とともに広場の階段を上り、
暁とともに大地とその開花に敬意を表す
女は、
正午に海の足元へ下り、海と自らの解放が
出会うところへ向かう、今宵、彼女は我らにとって
新たな幼年期の約束となるだろうか？

かくして国は大海原に開かれ、夜は広大で、
女は高潮に身を解き放つ……
明日、もし神の御心にかなえば、明日、我らは
人間的なるものの歩みから足を引くだろう！

5

さらに他の仮面が、夢の世界にさまよい現れ、幾世紀も彷徨し、焼け焦げた古い船体のように、深紅の夕暮れにあかあかと照らし出される。

かつて存在したもの、それは陸地、樽、黒ん坊にロバ、すべてに焼き印が押された。一文字ずつ、ことばは肉となり、体に刻みこまれ、記憶に痕跡を残した。

それはもはや男の歌ではなかった。それはもはや瞬間に開き、落ちる花びらの一流れではなかった。それはもはや存在の断片化の中に生まれる一筋の空気、一塵のけむり、一つの息吹、一つのいのちではなかった……


この場に、この白い石の並ぶ中、銀白色の矢の交叉するところに、一つの民が立ち上がる、そうだ、一つの民がさすらいの装いに身を包んで立ち上がり、自らの歌を解放し、火炎樹の松明で火をつけんことを……!

今日《きょうび》、男はもはや語らない

彼はもはや指の間に見えない塩をもたず、
トウモロコシをつまぐらず、熱い太陽や
多彩色の仮面もまとわない。大地はすでに
彼の足跡をとどめていない。大地はすでに
その源泉を隠し、愛する女の床を閉ざした。大地に
残されたものはイラクサとウチワサボテンだけだ。
肉体は骨の奥まで切り分けられた。

そして我らは行く、我らは行く
人の歩みを進め、人間的なることを誓う！

6

大移動のとき、長い影の行列のときのように、
大雨や騒擾の接近のときのように、
空が覆われ、大地が悪魔の穴のように思われるとき……
(川のそばでは、洗濯女たちが叫び声を挙げながら、
急いでいる！)

無分別と虚言のときのように、

沈黙や石よりも重苦しいことばのように。
そのとき、君たちのすべて、
肉、血、
光った手
秘密の泉
世界の種、収穫の泡、
すべては、編み目一つひとつ
ポタポタ一滴《しずく》ずつ
石に変身し、沈黙に変身し、
死へ突進する。

7

……我らの唇の上のことばはアレゴリーのように。
時間の大回転木馬は魔法がかけられた風の
葉むらの上で伸びをした。
さあ行け！——世界をへめぐり、火と鉄と書物で
建設し、生石灰の小径を通って、魂を燃やし、不動の
死、永遠の生のいくばくかに落ちる者……行け！——
我らが月下の瞼は赤いカンナの花に燃え上がる——行け、

友よ！　塩は路にあり、流謫は我らが心の裡にあり、
感謝のごときことばが我らの唇の上にある。

＊

乾いた大地は我らが影の盾の後ろで考えている。
ウォイ！　夕暮れだ！　ルサンティマンのごとき
ことばが我らの唇の上にある。

（1）Monchoachi, *Nostrom*, Paris, Editions Caribéennes, 1982 より、第二部身振り／魔法　Geste/sortilège（zes/Kabouya）（p. 32-53）の全訳。

（2）ハマベブドウ raisin de mer はカリブ海原産のタデ科の植物。海沿いの砂地に生え、ブドウに似た実をつける。木は「レジニエ」raisinier という。

（3）クレオール語で Ren mwen tou maré と書かれている。maré は「(腰紐を) 締める」意の動詞で、maré-w（＝vous）と言うと、「さあしっかり腰紐を締めて」、日本語ならさしずめ「ふんどしを締め直して、気合を入れて」という意味になる。

虚空《こくう》に踊る(1)　*La danse au lieu vide*

1

それはここではないだろう
——萎えさせられ、鞭打たれた——
ここは別の場所だろう
知の飾り馬具を装着され——蟄居して
透明に凝固させられた我ら——
それはついえた塀の向こうで
(門を開けろ《ルヴリ・バリエ》(2)、我らに開け!)
あげられる予想外のミサだ。
それが我らを連れだすのを邪魔するな。

2

そんなふうに姿が見えない
それは
物だ
肉体でも精神でもない
唯一の狂い踊り《バッカナル》

混濁した言葉で
それは言う
一度だけみんなで一緒に
それが言うのを邪魔するな
それが話すのを邪魔するな。

3

我らを名指し、我らが
否認する名前の背後に
我らが運ぶ体の背後に
虚空で体を回し
脱出を夢みる
どこでもない場所《ピエース・コテ》に。
おまえの裏側で
踊る炎
目を閉じて、その場で
死ぬほど抱きしめる。

4

我らが運ぶ体の背後で
がむしゃらに体を回す
みんな一つになって
大気に体を開いて
深淵の中を転げていく
物である
それが姿をみせ
自分が誰であり何であるかを
体に打ち明けるために
大気を吹き込む。

5

汗と
土埃にまみれ、
変身した
我らは領域を回る
頭に巻かれた
白い綿布。
何かが震え、光がたゆたう

神が失落し、
我らを不意に捕らえる。
家《カイ》に戻る——瑚礁《カイ》の
奥深いところへ帰る。

6

いかにして、重なりながら、
(霊が我らにのりうつった《レスプリ・ア・プラン・ヌ》(3))
何もない場所で輪舞を踊る
体を空にあげ
できるかぎり
いじけて
体が縮まないように
眼は変わらず
歌いながら
いつしか見えなくなって……

7

……自由になって

汲み尽くせない同じ歌が
大地をうるおし
同じ飲み物が
体を駆け下る
――火が、じかに――
最初は一度どこといわず
体を揺すった
口は、果てしなく、
咳込み　頭は
煙に包まれている

8

それだけだ、瞼が
閉じる
通過する度に――
それはそんなふうだ
頭に鉢巻き、ほとんど
消え入らんばかりの様子で
三回ずつ三度

十字を切る
不可解にも
壁に沿って
青い声々が
航路目標《アメール》が
そして掌《てのひら》をこんなふうに
空中で
回転させて——
リズムを
早めて。

9

くぼんだ大きな切り株
の上に二個の石
低いくぐもった声々
色を塗りたくった
痩せて皺だらけの体
背筋を伸ばして——そして
月が欠けると

地面に血。

三回ずつ三度
十字を切る
青い声々
壁沿いに
航路目標。

10

さらに、あともう少し
なぜなら世界は
人が名指すものではないから
一つの物を人が名指し、それから
別の物を、そんなふうに距離が
置かれ、遠くなる。
しかし言葉がそれに呼びかけ
叫ぶとき
それは開かれた乳房さながら
我らを魅了し

我らは向こう側へ行く
そこでは何かが
深く根付き《プロフォンデ》[4]始めている。

（1） Monchoachi, *L'Espère-geste*, Obsidiane, avril 2002, p. 67–72.
（2） 原文はクレオール語で Louvri baryè と書かれている。
（3） 原文はクレオール語で Lespri-a pran nous! と書かれている。
（4） 原文は profonder、モンショアシの造語で fonder「基礎を作る、創始する」意と profcnd「深い、深く」を合成したもの。

アレーフ（エメ・セゼールのモチーフで）[1]　*L'Aleph*（*au motif d'Aimé Césaire*）

1

いつも
時間
なぜ
時間でないものが
存在し

何時もあるものが
何でも
なく
人生の
瞬間に
すぎないのか

2

我らの影は
少しずつ屈折反射し
我らは
ますます鉱物的になり
一歩一歩が我らを
収縮させ
値踏みし
心の中で
我らは
我らの足を[2]引き
我らの「できない」

を撤回する

3

我らの言葉は
ぽっかり開いた口
時間の間を
取り持つもの
時間の奇跡の武器は(3)
大地の定規と尺度
請願
我らの唇は
請願を掻き集め訂正し
鉛色のインクに
浸して
織る

4

空気から空気へ
時間は

空《から》になる
空間に
我らは
顔を振り向ける
空間に
吃音で、失われた
我らの言葉

つねに
故郷に
それらは(4)帰る
つねに塵に
言葉は帰る
時間に反して
方向転換の
道《アヴォワ》(5)を開く——
の(6)こるは感動と
極だ。

6

そして
それらが
天から生まれ
連帯するなら
それらは
アレーフ(7)だ
我らと共に
草を食んでいる

（1）Monchoachi, *L'Espère-geste*, Obsidiane, avril 2002, p. 75–77.
（2）「足を引き」retirer nos pieds はクレオール語で「退場する、場を去る」意。
（3）「奇跡の武器」はエメ・セゼールの超現実主義的詩（詩集の表題にもなっている）『奇跡の武器』への詩人の目くばせ。
（4）「故郷に……帰る」Au natal/ils font retour はエメ・セゼールの名高い長編詩『帰郷ノート』*Cahier d'un retour au pays natal* への詩人の目くばせ。
（5）「道」、ここでは古仏語で道、街道を意味する avoi という言葉が使われている。
（6）「感動と極」l'emoi et le pôle とは詩人が与える言葉の「感動」とそれを与えてくれた詩人という標識、極という意味。

（7）「アレーフ」はヘブライ文字の第一文字、ここでは「最初の一歩を記したもの、創始者」の意。

月のかかる小屋——詩論　*La case où se tient la lune*

詩人は、インディアンのように、じっと地面に耳をあてる。そうして、起こったこと、なお余韻が残っていること、身近にせまってくることを知覚する。

狂騒の乾季の黄褐色がやってくる。

彼は土地の者がクレオール語を話すのを聞く（それは滅多にない、感動的な出来事だ[1]）。

彼は互いの顔を穴のあくほど見つめあう我々の癖に注目する。

地理とは「見せる」ことだ。形象である。すべてのエクリチュール同様、それはまず印付けであり、歩くことによって印された跡である。

地理とは、その後、印されたもの、記号、記号がそこに指示するものを書きとめたものだ。

エクリチュールと土地くらい破局的なものがあるだろうか？

言葉と同様、地理は象徴場である。隠喩なのだ。

（芸術とは体のすべて、空間のすべてだと考えるものにとって、言葉は確信に満ちた仕方で使われる。）

我々の島における、クレオール語からフランス語への移行、あるいはその逆は、サッカーにおける足さばきにも似た微妙な技である。それは品位と作法に則った一つのあり方と口に湧き出た言葉や表現の純粋な喜びとの間を往復する運動である。技の奥義はその活用変化にあり、そこに玉虫色の変化を出現させることである。

かくして、声がよく届かない場所があれば、自然と声を強くすることになる。カリブ海では、土地の起伏が（丘陵《モルヌ》(2)から丘陵へ）しばしばいりくんで、地理が（島から島へ）散乱しているので、我々は跳躍に慣れている。互いに遠くから呼びかけるのがここでは習慣になっている。

この跳躍する起伏と地理（丘陵から丘陵へ、島から島へ）の谺《こだま》を、詩人はクレオール語の畳語《じょうご》表現の中に知覚する。「ディ・イ・ディ・サ」とか、「メンネン・プー・メンネンーイ・アレ」とか、「ラレ・メム・イ・カ・ラレーイ(3)」と言うように。これはカリブ族の言葉の遺産だ。

詩人は一つのテクストのように島々を見る（「そうだ、島影は多く、美しい」）、そこでは子音が岩場に見立てられ、そこに足を置くのは、空と海の広がりへ跳躍し、次のようなカリブ族の言葉の中へ跳躍するためだ。ボナンバエ－カボナカチ－アマラカ[4]。

「願わくば彼が未だ嘗て聞いたことのない、名付けようのないものによって〔虚空に〕身をおどらせ、果てんことを……。」

硬くしまった尻の、声高にしゃべる娘たちがやってくる……。

そして彼は耳にする、歓待と豊穣さをもって保護することを意味する言葉、イカニ[5]という言葉を。彼はその言葉が我々の共通の場、クレオール語というクイ[6]の中に集められ、保存されているのを聞く、イ・ティニ、イ・ニ、[7]「ある」ということ——この執拗に繰り返される言葉。

＊＊＊

エティ・ジュ・カ・クリ・ウヴェ・コン・アン・ウェレレ[8]。

そこでは言い争いみたいに日が昇る。見た夢のことで喧嘩する恋人たちのいさかいみたいに。おおきく羽をはばたいて、飛び立とうとしたときに、空中で衝突するのを目にすることがあるピピリ鳥みたいに。衝突した鳥たちは瞬時に身を離すので、我々の眼に燦然たる光輝、白い空の大きな断片がのこる。

「……交錯のただ中で、光へ向かう階梯を開く」

「ときどき、俄か雨が襲来し、大雨になる、しかし、やむのも早く、ぱたりとやむかと思うとまた降りだす。そうしたことが一年中つづく、とくに満月の後と新月の時にいちじるしい。」(カルパントラの読み人知らず)(9)

カリブ海はどこにあるのか?　そこはどんな場所か?

(世界にその新しさが返された場所。)

彷徨する場所、新しい関係性が結ばれる場所、一つの世界がやってくる場所、すなわち囲いの開かれた場所。

実際、カリブ海は非場《アートピー》である。

一つの世界が夢のようにやってくる場所(「今や彼らは見た。そうだ、島影は数多く、美しい」)、なぜなら、大地は「調和を欠いて」ゆき、「多くの小さなものが」「ひしめきあい、速度を速めて」いくからだ。昔の拘束を閉ざし(「子どもっぽい形をした、ギリシアの天球」)、「かつての天球」、その「基体《イポスターズ》」である傲慢さと「知の素朴さ」の痕跡を消すためには、「この大いなる叫び」が急務であった。ある一つの言葉、新しい住まい、そこで「非情なる美」を、おまえの美のうちに投入して、学ばなければならない、アポカリプティカ[10]。

ヘラクレイトスは「世界で一番美しい秩序は偶然にまかせて集められた塵芥の山である」と言った。

世界、それはつねに本質的に避けて通れないもの、暗晦なるものである。

＊＊＊

フランス語の単語がクレオール語になるためには、「転回して」(ストロフェイン[11])、別の世界へ自らを開かなければならない。この変換は、「事業にあたる」(クレオール語で「事業にあたる」という表現は自分以外のものに熱心に働きかけることを言う)かぎり、カリブ海人になるために避けて通れない通過儀礼に比せられるべきもので、それによって、クレオール語は波状の光沢を発し(ウ・ウェーイ・ウ・パ・ウェーイ[12])、走る水の上に光と闇が交替し、激しく言い争う言葉となるのだ。

詩人は場所の到来を前にしたカリブ族の羞恥心に近づく。場所を前にしたら沈黙を守るのがよく、とくに名指すことは禁物だ。ただ示すことだけが許される(「眼前にあるものに対して、彼らは立ち上がり、注意深い番人となる」)。言葉は怒濤のごとく押し寄せ、略奪する——それは征服者たちの言葉だ——その言葉は沈黙することを知らず、現前するものをただそれだけにしておけず——その地点で、我々の瞑想に開かれ、我々の「注意深い監視」を要求しつつ、なお従属させせんがために、近づこうとする。

詩人はこの場所の地理に、自分をこの場所に繫ぎとめているものに思いを馳せる。それはある種の音だ。様々な声とそれらの声によって穿たれたテクストに付与される音調だ。それらの声は気候と季節の唐突さや激変に形を借りている。ここではすべては「突如として、過剰に」やってくる、日も、夜も、風も、雨も、乾燥も、樹液も、笑いも、すべてが殺到してくる。

この（クレオール語の）テクストは、詩人には、混乱した儀典書のように見える、いたるところで順序が転倒し、際限のない遅滞が起こっている。彼は別の意味を語り、別の順序を口にする。そうすることによって、表象よりも現前に優位が置かれるようになるのだ。「遅滞」を繰り返すことによって、彼はいくつもの深淵を開き、その開口部から不同が反復や同一を追い越して行くのだ。その深淵を通して、彼は知に向かって声をふりしぼる。「お前は無知者だ」あるいは「サ・ウ・パ・サヴ・グラン・パセ・ウ[13]」、さらに「一人の人間しか知らないことは知ではない」（アルク族[14]の諺）。

彼は信じている（「人に聞かれたら」言うだろう、信じている‐僕は‐信じている、と。）「僕の中に入っていけるだけ、どこまでも心は入っていくだろう……。」

＊＊＊

本当を言うと、クレオール語のテクストによって覆われた（もしくは覆いを取られた）新世界の「共通場」、それは現前するものをありのままに「二者からなる‐同類」（自分と他者、他者の中の自分）へと結びつけるものだが、それは体《コール》である。それは我々が経験し、我々が認識するかぎりの体である。その谺はテクストそのものの中にまさに前代未聞の仕方で鳴り響いている。

転倒した体、それは我々と大地《ゲ》(15)の関係が書き込まれ（グラフェイン）(16)刻印されている組織である……「彼らは体に作品を描いているが、それは見事な出来栄えで、見渡す限り、定規を使ったのではないかと思われるほど精密な図柄が施してある。」泥で作られた人間。

道に迷った人間のことを、クレオール語では、「体を失った」者たちと言う。

魂を救いたいと願う人々には「体を動かす」ように言う。

閃光のごとく、はかなく、消えゆく物質界を前にして、体の存在は世界との調和の内に存するものである。体は内在的で大切な見張り番として根源的不知を境界に持つものであるが（「何もなかった、無すらなかった」）、同時に、適齢の侍女のヴェールを持ち上げるものでもある。ここ‐そこに、あるのは首肯ばかり、生の官能的な容認しかなかった。

＊＊＊

詩、この雀躍するもの、急ぎ行くもの。

（エクリチュールの行ではなく、ただその終点、二つの重厚な雲の間の明るい空間。）

（我々の起源を理解すること――深淵を探ること。）

（「戦いの詩」――すべての詩）

（言葉《パロール》は外にある、交感することなく。）

（人間は増殖する嘘である「始めに言葉《パロール》ありき……」。）

（言語はすべてを言う。我々は言語に体をかす。）

クレオール語で場所を意味する言葉は「コテ」[17]である。場所とは縁《へり》であり、端《はし》であり、離れたところ、娼窟であり、混沌である（雑多、雑踏）。したがって、森の中の静かな空き地のイメージとはほど遠い。カリブ海に行くとは、たしかに、縁から縁へと、「コテ」から「コテ」へと行くことだ。場所とは同時にここであり、あそこであるような「ここ－あそこ」である。詩とおなじだ。

場所とはまた絶対的に「エチ」であり、ラテン語の「ウビ」[18]である。だから詩とは「コテ・エチ」、「離れてある場所」、ここ・あっちにおいて、世界であったり、なかったりするものと考えることができる。

言語をこの大地と分離すること、それはとりも直さず一種の「ロゼッタ石」を要求することだろう。

誰かがいみじくもカリブ海人の言葉をアフリカ語とフランス語の間の（英語やスペイン語はこの際おいておくことにして）「言語的交渉」と名付けたように、クレオール語の中で何が何から来ているのかを分別するのは容易ではない。今日分かっているのはカリブ族に負っているものがいかにこれまで隠蔽されてきたかということだ。

マルチニック島のプレシャール⑲という村落に、「カリブ族の墓」と呼ばれる場所がある。そこの断崖から、最後のカリブ族の族長たちが、白人の支配を拒絶する究極の身振りとして、虚空に身をおどらせたことからそう呼ばれるのだ。この話が真実か、あるいは、抵抗神話かということはどうでもよい。事実はこの話がカリブ族をマルチニックの現代文化から排除するように機能していることだ。彼らは絶滅したと推測されていること（ディスパレト・プラン・ヨ⑳）、したがって、一切は彼らなしでなされてきた。しかしながら、かれらの遺産は高い所にある。注意深い監視人が見張っている大事な所に。

「捧げ物がなされていることをみんな少しは知っているだろうか？「声」が届くことが？」

カリブ海を近代社会の作業場《アトリエ》のように捉えることは可能だ。強制移住、民族抹殺、そして「多方面にわたる無秩序化」、そして「声と音の遍在」。その二重母音《ディフトング》。

「売却（…）
再構成された声（…）我々の感覚を解放する唯一の機会！
かけがえのない体の売却（…）
計算の適用と未聞の和声的飛躍の売却（…）
体と声の売却……」

この場所（《新世界》）では、姿を現す一切のものの谺を捉えたいと思うのであれば、もっと深いところへ行かざるを得ない。そしてそれは、いずれにしても、しばしば表現不能である。

カリブ海を世界に向って新しい意味を発信する一つの命題とみなすことができる。一つの宣言、と。

＊＊＊

列島には一種の神秘がある。だから議論や討論の対象にはならないが、目くばせならよい。「瞼からまぶたへ」伝達される目くばせなら。

列島はまず手や足に訴える逆転した関係の何かを信じている。

（詩は諸々の言語場、言語が自らの体を投入する幾多の空間を集める。宗教も時に言語を到来させる。）

列島は言葉を分綴し、呼びたて、識別する魅力をかきたてる。そうすることによって、無限が到来するように感じられる。詩のように、区切られた虚空。呼び合い、分綴される無限。口ごもる世界と、その下にある無尽蔵なもの。

島が、親友が言うように、「年取る不都合」と共有するもの、それは周囲の世界が消えていくことだ。土地と人々。(でなければ、遠くなっていくのは視線の方だ。)

たしかに、島はよそなら代価を払わなくてはならないような交際《つきあい》に富んでいる。

「空模様をうかがう」何かがやってくるのを、あるいは、去るのを待つ。甘美な神秘。

(歴史を記念するというこの退廃的偏執。)

(それを記憶の再活性化やそれに伴う甘美な夢想と混同してはならない。)

島から島へ——水面に現れ空気を吸ったら、再びより深い海の迷路をめざしてもぐっていくような現代的進行の象徴。

＊＊＊

様々な碑銘の叫び声

散在する碑銘
文字の目立つ縦線
長い楕円
「どうして
そうなのか
(…)
あるいは大地、なぜならあまりにすべてから純粋なので
あるいはまた
しかしそれなら」

＊＊＊

四つ角で屠られた白い鶏、あるいは、そこに灯された一本の蠟燭、あちこちにみられる明かりの入った小さな礼拝堂、アンスリウムの赤い花と装飾品で一杯の墓地、墓地は綺麗な白タイルで輝き、家《カイ》の前に植えられたイモルテルの木、[21]その木が「回転」(ストロフェイン)[22]しないように置かれたグロ＝セル＝ペトロル、[23]そして舌の下に置かれた湾曲した三枚の葉っぱは、錯乱してあらぬことを口ばしらないようにするため、それはあたかも体に青あざができたので、それをとるために葉っぱと泥をすりこんだ布で体をこすり、数珠をくり、十くらいの呪文をお経《マントラ》みたいに頭上で唱えると、やがて言葉が体をこすってくるようになるといったふうだ、彼の耳にはその音が聞こえるので、その背後にあるものをはっきり見

定めたいと思う――そこに亡骸のようにばら撒かれた島々――火の口。
クレオール菜園の前代未聞の多声性《ポリフォニー》。
脚を夢のように運ぶ優美な物憂げな風情は黒人女性ならではのものだ。

ダカラ私ハ誓ッテ言オウ、美ハ黒《ブラック》ダト、
ソシテオマエノ肌色デナイモノハ、スベテ汚イト。(24)

アルベ(25)――人呼んでマンマン・ジャン(26)

アルベ――別名マンマン・ジャンはかつて、かなり長い間、バッタの鳴き声のコンサートの上に乾季の白い月が出ている間、そして「鳥」と言われたマン・ブーズ(27)の「御世」の「始め」（そうなのだ！）まで支配していた。四方をトタン板で囲まれ、床は土間のたたきといった空間に一人座って、ラム酒を飲み、生肉と塩鱈を食べ、私に「女を立ちのぼらせるために」本を読んでくれと頼むのであったが、ある日、私に息をきらせながら、丈夫な歯がそろった口の中でよくかみしめた言葉で、腕を頭の上に挙げて、「魔除けの言葉《レスペール・ジェスト》」を教えてくれた、それまで、もう何時間も、海に面した「貿易風の通い路《バザール》」に背をもたせて座っていたのだった。

水と火の間の不和から生まれたこれらの島々。

満月。雲は我々に自らの彷徨を想い起こさせてくれる。我々の小旅行《エシャペ》。列島が島々を開いていくように、詩もまたある。

カリブ海はどこにあるのか？　そこはどんな場所か？

「地面はどこ、用地はどこ、場所はどこ（…）
人に約束された国はどこ？
旅人は旅し、去る。見者《ヴォワイヤン》は旅人を視野にとどめる……」

「この世は、一滴の露、
それでかまわないが、
それでも、それでも……」

「急がなければならない
《歴史》が門を閉ざす。」

月がかかる小屋は覚醒の時を開く。

＊Monchoachi, *La case où se tient la lune*, William Blake & Co. Edit., 2002.

（1）カリブ海ではクレオール語は教養のない（ということはフランス語が話せない）人間の話す言葉とされるので、その言葉が話されるのを耳にするのは「滅多にない、感動的な出来事」なのである。

（2）マルチニック島では丘陵（山）のことをモルヌ morne と呼んでいる。

（3）順にマルチニック島のクレオール語で di i di sa「言うのさ、彼は言うのさ」、mennen pou mennen-y alé「連れてくる、彼を連れてくるさ」、rale menm i ka ralé-y「ひっぱって来るさ、あいつは彼女をひっぱって来るさ」。

（4）bonambaé, kabonakati, amalaka は絶滅したカリブ族の言葉で、それぞれ、「書く、描く」「植える」「与える、要求する」を意味する。ただしここではそうした意味よりも、はずむような音の響きを重視しているようだ。

（5）ikani はクレオール語で「庭」を意味する。

（6）coui はクレオール語で「カルバシエ（ヒョウタン科の木）の実（カルバス）を半分に切って作った容器」のこと。

（7）i tini, i ni はクレオール語で「ある」を意味する。

（8）Eti jou ka kouri ouvè kon an wélélé はクレオール語で「そこでは日が言い争いみたいに昇る」の意。

（9）Carpentras はフランス南東部のヴォークリューズ県にある古いローマ時代の遺跡で知られる都市。

（10）ギリシヤ語で「神の啓示」を意味する「アポカリュプシス」*Ἀποκάλυψις* を念頭に置いたモンショアシの造語と思われる。「(新しいものの）発見、学習」の意であろう。

（11）strophein はギリシア語で「回転する、変化する・変身する」意味の動詞。

（12）ou wè-y ou pa wè-y はクレオール語で「あなたがそれを見ようと見なかろうと」の意。

（13）sa ou pa sav gran pasé ou はクレオール語で「お前が知らないことはお前より大きい」の意。

（14）スリナムや仏領ギアナに住む黒人逃亡奴隷の末裔（ブシナンゲ、〈密林の黒人〉あるいは〈黒い逃亡奴隷《ノワール・マロン》〉と呼ばれる）。英語を基礎語彙に取り込んだクレオール語を話す。
（15）gê はギリシア語で「大地」を意味する言葉。
（16）graphein はギリシア語で「書く」を意味する動詞。
（17）フランス語で「縁、端」を意味する côté がクレオール語で koté となり、広く「場所」を表す言葉として使われている。
（18）éti はクレオール語、ubi はラテン語で、ともに「(人・物のいる／ある) 場所」を意味する。
（19）マルチニック島の北西部にある、カリブ海に面した村。
（20）disparèt pran yo はクレオール語で「彼らは消えてしまった」の意。
（21）「イモルテル〔言葉の意味は「不死」である〕の木」は熱帯・亜熱帯に生育する赤い花を咲かせる喬木。
（22）注（11）参照。「回転」は「変身」につながる。
（23）gros-sel-pétrole は「悪気を祓うために、粗塩と石油をふりかける呪術的儀式」。
（24）シェイクスピアのソネットからの引用。原文は Then will I swear beauty herself is black/And all they foul that thy complexion lack.
（25）アルベ Albè はフランス語の Albert に相当するクレオール語の呼称。
（26）Manman-Jan はクレオール語で「ジャン母さん」の意。アルベールは男性だが、おかまなので、そんな綽名が付けられていた。
（27）Man-Beuze はクレオール語で「ブーズおばさん」の意。

第XII章

カリブ海の友だち——

テレーズ・レオタン、アンリ・コルバン、ロジェ・パルスマン、エルネスト・ペパン

テレーズ・レオタン

テレーズ・レオタン Térez Léotin は一九四七年にマルチニック島のサン・テスプリ市で生まれた。八人の兄弟姉妹の長女で、父親はサン・テスプリのサトウキビプランテーションの現場監督 géreur だった。仏領ギアナの首都カイエンヌでの小学校の先生を皮切りに、マルチニックに戻ってからは各市の幼稚園の先生・園長を歴任、現在はシェルシェール市にある公立幼稚園の園長を務めている。一九七九年にクレオール語表現の新聞「グリフ・アン・テ（大地に爪を立てろ、大地をしっかりつかめの意）」*Grif An Tè* を刊行するグループに所属し、クレオール語表現の文芸振興に実作者（詩と散文）として貢献してきた。以下に訳出して紹介するのは、彼女の最初期の作品であるクレオール語表現の詩集『目くばせは語る』*An ti zyé-dou kozé*, Editions Bannzil Kréyòl, 1986 から選んだ数篇である。

テレーズ・レオタン

＊

あの人たちのために　*Ba se tala*

忘れたくない人たち
忘れられない人たち
お空のお天道さま
あの人たちを照らしてよ

心だけしか
あげるものを持ってない
何一つもってない
人たちがいた

彼の名前はダ・リブレン[1]
彼女の名前はヤヤ姉さん[2]
その息子のジャンティは
竹ブラシ[3]を売っていた
太っちょのレロニー[4]
とっつきは悪いが
心にある大きなものを

人にくれたよ
オラニエ[5]おばさんこと
ヴァンセンヌは
籠で水を運ぶような人[6]

それから道をひねもす
歩いてまわるラローズ
みんな辛い人たちだ

クロテ[7]のおやじさんは
土を耕す仕事だった
お天道さまが沈んでも
クロテは鋤を放さない
おまんま稼ぎだすために
子らの目が輝くために
アンヴィル[8]はポケットに
お金はなかったけれど
心は石にならなかった
マリーねえちゃんが

所有していた唯一つものは
われとわが身の貧乏さ

それからテノスとテナ(9)
テナは木馬の持ち主だ
忘れたくない人たち
忘れられない人たち

(1) 原文 Da Libren はフランス語の名前の Lebrun のクレオール語形。
(2) 原文 Gentil はヤヤ姉さん (manzè Yaya = mademoiselle Yaya となっているので、未婚の母) の息子の名前 (prénom)。
(3) 「竹ブラシ」 balé-zo はクレオール語で「骨ブラシ」。竹の先を斧で割いて鍋底などにこびりついたカスをかきおとすもの。現在では使われない。
(4) 原文 Léronih はフランス語の名前 Léonie のクレオール語形。
(5) 原文 Olagné はフランス語の名前 Olanié のクレオール語形。
(6) 「籠で水を運ぶ」 chayé dlo an pangné は「骨折損のくたびれもうけをする」意。
(7) 原文 Klotè はフランス語の名前 Clotaire のクレオール語形。
(8) 原文 Ann'vil はフランス語の名前 Annevil のクレオール語形。
(9) テノス Ténos テナ Téna はともに男性名。

乾季　*Tan karenm*

カッコーが一羽
喉が渇いて
「水、水、水」
大地もからからから。
カエルも必死に
——「七滴だけ、それ
以上は要らないから、
七滴の水をどうか」。
大地も干からびた。
それでもサギが一羽
乾上った川の中に
一本足で立っていた……
太陽はなおも
容赦なく
白い歯をむきだして
笑ってる！
「見えません」、

TAN KARENM

Gògò swèf :
«Dlo-dlo-dlo-dlo»
Tè-a swèf.
Ti-loyit* ka mandé :
– «Sèt piti gout,
Sèt piti gout pa plis
Sèt piti gout».
Tè-a sèk, sèk, sèk.
An kayali, magré sa,
Doubout anlè an janm
Adan an larivyè
Ki za koumansé sèk...
Solèy la ka ri sa man di-w,
Tout dan'y lablanni !
Solèy pa ka wè – Solèy pa ka tann.
Nou vréyé trop wòch
Dèyè solèy, sé sa !

Manmay, otan nou ka swèf dlo
Otan nou pou swèf sav.

* *loyit = grounouy*

「聞こえません」。
私たちがさんざん
背中に石を投げたから
罰があたったのだ！

子どもたち、知の
渇きも水の渇きと
おなじことよ。

ハチドリ　*Koulibri*

ハチドリは遊び人
花から花へと飛び移る
花は足が靴下の中に
挟まれて動けない
花を愛することにかけて
ハチドリにまさる
ものはない!!!

ハチドリは遊び人
シナモンの花を愛し
ヴァニラの花を愛し
グリセリディア[1]に
ちょっかいをだし
シナモンの花
ヴァニラの花
花咲くすべての木を
ハチドリは愛し
愛をふりまき
命をふりまく。

（1）マメ科の灌木で、アメリカ熱帯原産。ピンクの花が咲く。

頭に手　*Lanmen nan tèt*

もはや工場もなく
サトウキビ畑もなく

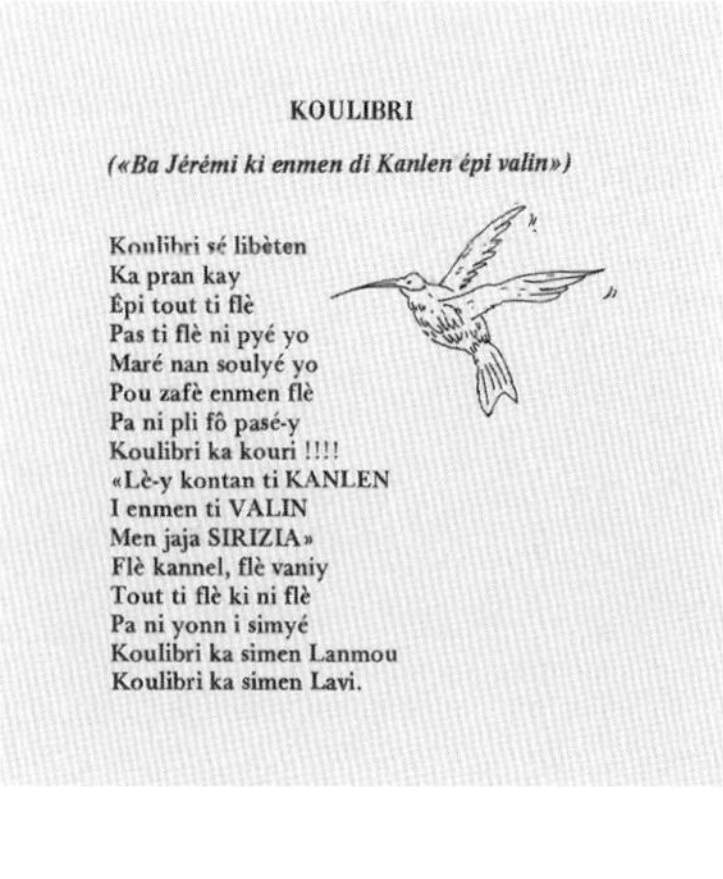
KOULIBRI

(«Ba Jérémi ki enmen di Kanlen épi valin»)

Koulibri sé libèten
Ka pran kay
Épi tout ti flè
Pas ti flè ni pyé yo
Maré nan soulyé yo
Pou zafè enmen flè
Pa ni pli fô pasé-y
Koulibri ka kouri !!!!
«Lè-y kontan ti KANLEN
I enmen ti VALIN
Men jaja SIRIZIA»
Flè kannel, flè vaniy
Tout ti flè ki ni flè
Pa ni yonn i simyé
Koulibri ka simen Lanmou
Koulibri ka simen Lavi.

砂糖もなく
ザリガニもおらず
鳥もおらず
あれもなく、これもなく
何もない
頭に手をやる(1)
手があるじゃない
指が十本あるじゃない
十本の指は私たちのもの
十本の指は私たちの力
私の頭は私の勇気
その力で勇気を支え
闘おう。

(1)「頭に手をやる」lanmen nan tèt は「考える」意。

カシューナッツ *Ponm-nwa* （ジョコ[1]へ）

時間が経つ
時間が残る
時間が失われる
時間が得られる
時間が余る
時間が止まる
時間が倦み、くつろぐ
……カシューはけして
ナッツを離さない
今日まで
両者《ふたり》は
心が一つだ。[2]

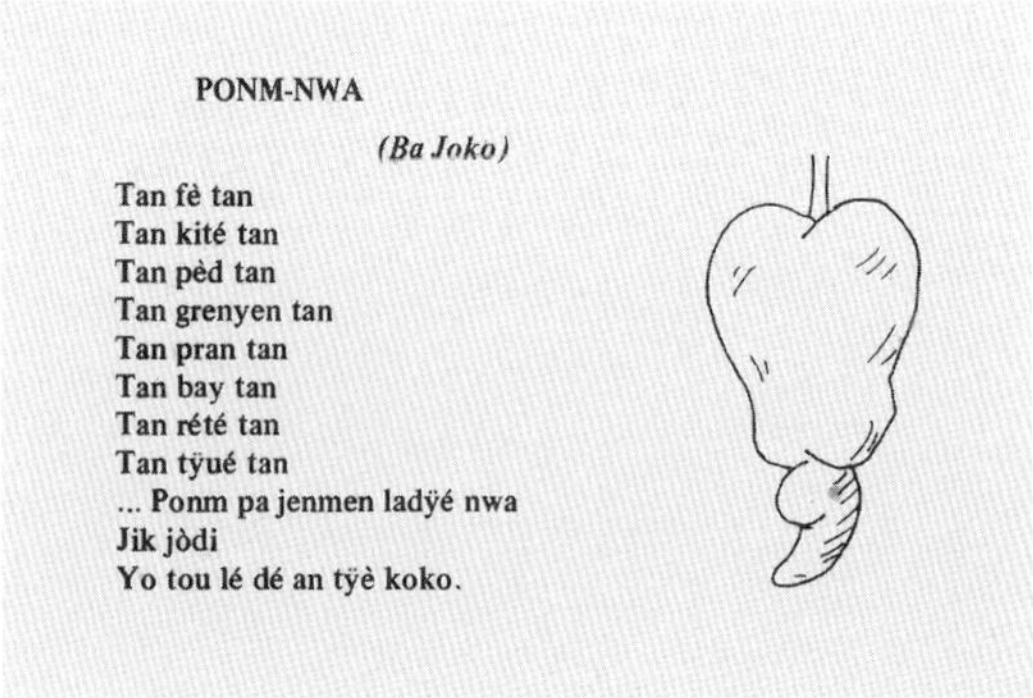

PONM-NWA

(Ba Joko)

Tan fè tan
Tan kité tan
Tan pèd tan
Tan grenyen tan
Tan pran tan
Tan bay tan
Tan rété tan
Tan tÿué tan
... Ponm pa jenmen ladÿé nwa
Jik jòdi
Yo tou lé dé an tÿè koko.

（1）「ジョコ」Joko はテレーズの夫ジョルジュ＝アンリ・レオタンのニックネーム。この詩は夫へ捧げられている。
（2）原文は「彼らは二人ともココヤシの芯にいる」yo tou lé dé an tjè koko となっている。これはクレオール語で「仲がよい、琴瑟相和す」意の常套句。

めくばせ　*An ti zyédou*

ハレー彗星は
大空で身につける
きれいな星のドレスを
選ぶのにうるさいことは
いわないよ
果てしない空の中で
彗星は美しく着飾る

人生の苦しみの天空では
大地が狂った独楽さながらに
こっちにぶつかり
あっちにぶつかり①
君も私も大変だ

愛の苦しみの天空では
橋の下を水が流れ

AN TI ZYÉDOU

Hélé HALÈ pa ni bankoulélé
Pou chwézi adan syèl
An bèl wòb ti-zétwèl
Adan syèl san bout
La konmèt fè kò-y bèl

Dan firmaman tourman lavi
Latè ka tounen
Kon on topi mabyal
An kou pou wou
An kou pou mwen

Dan firmaman tourman lanmou
Dlo koulé anba pon
Tan pasé san déviré dèyè
La konmèt HALÈ alé
La konmèt HALÈ déviré abiyé
Tralé lanbo zétwèl

Syèk fè syèk dèyè syèk
Tou lé swasannsèz an
Pou an lanmou
La konmèt karé adan syèl
Ou bat zyé-w i pati

An ti zyé dou kozé
Lanmou doudou
Sé pa lanmou
Dé jou
Gadé koulé HALÈ woulé.

振り返らない時間が流れ
ハレー彗星が去り
ハレー彗星が戻る
星くずの衣装をまとって

世紀はたゆまず
世紀に世紀を継ぎ
七十六年に一度
愛のために
彗星が空に羽を広げ[2]
瞬く間に消えてゆく

めくばせが
甘美な愛を語る
それは
はかない愛ではない
ハレー彗星が
甘いことばを
囁きながら[3]

回転するのを
見てごらん。

（1）「あっちにぶつかり、こっちにぶつかり」。原文は「一度はあんたに、一度はわたしに」An kou pou wou/An kou pou mwen となっている。
（2）「羽をひろげ」にはクレオール語で「(孔雀が）羽を広げる」意の動詞 karé が使われている。
（3）「甘いことばを囁きながら」。原文では「誘惑する、言い寄る」意の動詞 koulé が使われている。

アンリ・コルバン

アンリ・コルバン Henri Michel Corbin は一九三一年グアドループのポワン＝タ＝ピートルで生まれた。父親は医者であったが、アンリは生後まもなく孤児になった。ポワン＝タ＝ピートルの祖父母やフォール・ド・フランスの伯母の世話になって育ったが、経済的問題で、高等中学校がきちんと終了できず、中途退学して、パリに渡った。生きていくために、皿洗いや郵便局の補助員などさまざまな職業についた。十代の半ばから詩を書き、各種の雑誌に発表するようになる。貧しいながらもヨーロッパ・北アフリカなどを旅し、スペインに数年間住んだ経験もあるようだ。夜学に通って、バカロレアを取得、さらに働きながら、ソルボンヌで学士号、修士号を取得。CAPES（中等教育教員免状）を取って、マルチニックへ戻り、シェルシェール高等学校の教員になった。カリブ海に戻ってからは中南米をしばしば訪れた。とくにベネズエラには頻繁に出かけ、家を構えたり、著書を印刷させるなどしていたようだ。第一巻の序章に記し

アンリ・コルバン

たように、筆者が知己を得たころはまだベネズエラ熱がさめやらぬときで、行きたければ連れていってやろうと言ったのが印象的であった。その後はハイチの田舎へ長く滞在したり、一時体をこわしたこともあるようで、人づてに噂を聞くことはあるが、詳しいことは分からない。著作は数多く、以下に訳出するのは詩集『囚われのランプ』*La lampe captive*, Editions du Dragon, 1979 所収の同題の下に集められた一連の詩行（p. 51–60）である。この詩集にはエドゥアール・グリッサンの短いまえがきが付されている。その中でグリッサンはコルバンの詩に感じられる不思議な「透明感」についてふれ、常夏のカリブ海には存在しない「秋」のような季節感が底に流れている奇妙さに打たれると述べている。コンフィアンの自伝的小説『朝まだきの谷間』の巻頭にその一節が引用されている。グリッサンはコルバンが一九六二年に刊行した詩集『百合と黒檀』*Le lys et l'ébène* を読んで「まちがいなく彼はアンティルの若い詩人の中で最も才能豊かな一人」と『エスプリ』誌に書いている。そして二〇〇五年、グリッサンが主催するカルベ賞がコルバンの全詩業に対して与えられた。

＊

囚われのランプ　*La lampe captive*

今ぼくが君に書いているのは葉むらが傾き
心がしばしば敷居を変える国だ。
ここでは何事も簡単ではない。
唇はすでに唇の形をなしていない。

雪は青い。
夜の感覚を失った鳥たちが殺される。
樵夫《きこり》だけではなく、悲しい洗濯女も
白い手をして愛の書物を閉じるのにいそがしい。
ヴィオロンの音が鳴り渡ったり
外階段《ペロン》から月を愛でることなど不可能だ。

ここには果樹園一つない。
朝の塩を味わう王女一人いない。
たえまなく海が灰色の塔を侵食した。

ここでは何事も不可能だ。君も、ぼくも。
美しくても、神秘のしなやかさを体にもたらす
この泳ぎを覚えても、何の役にも立たない。
咬みついて、色を装うことだ、
溝を掘り、ロープを切断することだ。

老いたライオンが砂漠の縁で停まったら、
手を近づけよ、そしたら君は血に触れ、
夜と暁の合体を摑むだろう。

ここではすべてが障害となり、
光がなおいっそう遠く見え、
星々が考える人たちの額を食いつくすのは
　本当だ。
たしかに無益な歯車が暁の錯乱の中で回っているのは
　本当だ。
困難は天空を一掃し
忘却を豊饒化し、説明できない悲しみを遅滞させる
　ことだ。(1)

たしかに漠然たる形象が大地をたえず耕すなら、
グラスの中に消える笑いの突発に火を放つべきだ
あらゆる言語において苦しむことを知らなくてはならず
日差しが気分を悪くし、種火のような力をもつとき
暗号のようになる小舟は憎むべきである。

すべては苔の成長の中にとりこまれる。
それから逃れられるものは何もない。
もつれあう末期の蛸を離れさせるのは困難だ。

囚われのランプの揺曳と共に人は老いる。

＊

風の騎手おまえはどこ？
人気のない波止場で神が醜い方の顔を向ける。
狂った鋤の刃が有益な土地を混乱させる。

風の騎手おまえはどこ？
迷路のミノタウロスは空から夏の味わいを奪う。
陰惨な西が死体の山を築く。

起て、駿馬にまたがれ。我らを解放せよ。
市《まち》が炎に包まれている。宝物は灰燼に帰した。
剣の支配が海を恐怖に落としいれる。

頸木《くびき》の下で、聖なる島がひざまずく。

＊

盲目の木々の
拳でなければ
空の縮小する中を
打つものはない

＊

変わらずに
太陽の魅力にもかかわらず
道はつねに村々の貧困にたどりつく。

悔恨からは
一つの音も起こらない。
急いで
涙の境を越えるけれど
夏の赤い標石にぶちあたる。

時々の血は
渦巻き、
憐憫を打つ。
希望が我らを見て
消える。

釘打たれた心は悔悟の一隅を残す。

囚われ人たる
我らは苦い風の下で憤激する
下手にふりあげた我らの拳が
笑いだす。

*

ふるえる肢の動物にたずねてから
おまえは再びこの石の饗宴に出かける。
秋は微笑みを閉ざす。
井戸の底の恋人たちは草を引き抜く。

ぼくはおまえの冠を黒檀の茂みで置き換える。
どこにいるのか、この嘘吐きの太陽は？
どこにいるのか、この空虚な世界を背にして
傾いた
大鎌は？

*

ロジェ・ジルーの思い出に

夜の闇が濃くなる。
星が落ちる。
虹が物影のない浜にかかる。
沖のもの狂いたちが死化粧を準備する。
この夜のすべてを忘れなくてはならないのか？
声を上げ、暗い火の道に
人は安らぎを求め、ぼくは歩く。

断崖は滑る。危なっかしい形象。
逃走した帆の訴えに耳を傾けよ。

水が敷居の上で凍る。

仄かな明るみがぼくの唇の周囲を照らす。
ぼくは暗礁を避ける。
庭の攻撃的な茨がぼくらの道を閉ざす。
馬たちが血の蹄のあとを残した
キヅタの橋を越えると
見知らぬ顔たちが渋面を作る。

ぼくは後ろを振り返らない。思い出は埋葬し
その真ん中に愛する女は花束を挿した。
幾多の鏡が開かれる輝かしい空遠く、この闇の中で
ぼくはいったい誰なのか

燃え立つ形象の協同を奪われて、非現実的な
喜びにたえず包まれているぼくはいったい誰なのか？

昼の一切を忘れなければならず、この低い島の永遠の
虜囚のことを思い、この卵型のランプの仮面を思い、
この踏み外しのことを思い、この人生に下ろされた錠前のことを
思わなければならないのだとしたら、
ぼくはいったい誰なのか？

夜の闇は今やすっかり濃くなって
雪が降る
解体された大地は何も見えない。
ぼくの夢は意味を失い、鉄が瞼をつらぬく。
廃墟は沈黙を維持している。
深淵だけが花開く。

＊

遠い大地、わが大地
石と影に抱きしめられた大地
美しいが多くの潰えた暁にあまりに近いので
雨がおまえの開いた目から入ってくる大地

よる岸辺のない、こだまするもののない
おまえの眼差しは海に傾く　海はおまえを予告する
心地よい鐘とリズムで。

遠い大地、おまえの体は黄昏のトンネルに刺し貫かれる
おまえの光輝は夜のユリの裏側へはてしなく滑ってゆく。
ぼくはおまえの涙が開かれるのを見るが、その中に入ることはできない。
ゆっくりとおまえはこの残酷で緩慢な空間の中で眠りに落ちてゆき
漠たる静かな勝利の希望もすべて遠ざかってゆく。

手がおまえの住処を一つ、また一つと起こしていこうとするが
　できない。
狂おしい彷徨がおまえの人生を暗い生成に釘付けにする。
長い不在の花を一輪ぼくに捧げてくれるおまえの家の敷居の上で
星はこうした不確かな香辛料を愛好している。

ぼくはおまえの希少なる草の中に身を固めて、おまえを横断する
ぼくの大地、かくも美しい大地。
泡が死者たちのランプを舐める

その一方、ぼくは閉鎖するおまえのココヤシの
困難な黄昏をわざと埋葬する。

おまえはまだ現在し誇り高い夢見る人なのか？
おまえの砂丘の遠い恐怖は苦悩の塩の上に振り撒かれる。
ぼくにその輝かしい障害物が乗り越えられたら
そしておまえの欲望から
あしたと夕べに、二滴《ふたしずく》の涙が流れるのを見ることが
できたら。

（1）この一連がコンフィアンの小説『朝まだきの谷間』（拙訳、紀伊国屋書店、一九九七）の巻頭に引用されている。

ロジェ・パルスマン

ロジェ・パルスマン Roger Parsemain は一九四四年にマルチックのル・フランソワで生まれた。シェルシェール高等中学校を卒業したあと、グアドループのポワン＝タ＝ピートルにある文学高等教育センターを卒業、マルチニックにもどって、中学校の先生になる。序章でも書いたように、自分が生まれ育ったル・フランソワに対する土着的な愛情が強く、旧宗主国フランスの文学動向には必ずしも左右されない、独自の郷土文学を摸索し、詩によって表現してきた。毎年復活祭の休暇に《マルチニックのグリオたち》という団体が主催する詩のイベントが行われるが、二〇〇一年は「ロジェ・パルスマンの夕べ」が企画され、マルチニックの経済首都ル・ラマンタンの新しい市庁舎の大ホールで盛大に開催された。コメンテーターとして、テレーズ・レオタンのつれあいのジョルジュ＝アンリ・レオタンが登壇し、長編詩「ある運河のための連禱」*Litanies pour un canal* について解説した。以下に訳出するのは七、八百行におよぶ同詩からの抜

ロジェ・パルスマン（左）

粋（約二百行）である。出典はRoger Parsemain, *Prières chaudes* suivi de *Litanies pour un canal*, Editions caribéennes, 1982.

*

ある運河のための連禱（挿話）　*Litanies pour un canal*（*Episodes*）

（エピグラフに代えて）
二本の川がすべての世界の
合流点でからみあっていた。
そこに一つの町が生まれた。
町は以後**ル・フランソワ**となり
二本の川は**運河**となった。

この運河が町《ブール》を作った
太陽と雨が風の見えない布地の中に
　ともに浸透し、
運河が町の周囲の合流点でとぐろを巻いた。

マングローヴの狭間で不動の水の
　永遠の眼差し、
セメントのコルセットから解放された岸辺の土の
　終わりなき脈動、
海の潮とモルヌ[1]の雨のなりゆき次第で塩水と淡水が
　せめぎあう尽きない愛撫。
運河は愛だった。
泥濘と罅割れが交互におとずれる大地の
　変化の中で人間と不易の出会い
一つの市の魂、町の心の静かな鏡の中に
　刻まれた物憂い数多くの皺
泉水でも海水でもない水とたわむれる
　定かならぬそよ風の下の我らが夢の岸辺。

運河は隠し場所だった
ここで水は自分の秘密を明かさない。
教区の創始者として尊敬されていた僧侶が櫂を漕ぐ
　音を保存するどんな記憶があるというか？

入り江や河口の恥丘にあるマングローヴの絹のような
　植生を保存するどんな記憶があるというのか？

さらにはほとんど未開の平原の奥深い子宮
　腰から上は荒々しい起伏のモルヌの笑窪を？
さらにはわれらすべて
この場所に苦痛に満ちた大波の中に何世紀にも
　わたって生み出された者たちがいる。
ここでは水は自分の秘密を明かさない。
かの僧侶はマントゥ[2]やザガヤ[3]が岩場で立てる音の背後に
　何か別の漠たるこだまを聞こうとしたか？
　彼には天文学者の心があったか？
丸木舟は水を本当に殺すことはない。水はとても
　深いのだ。
表面の混乱は束の間の広がり、水面では眼差しが
　多くの面に分解する
岸辺の長い草のまつ毛は優しくふるえる
すると川の神々が彼らの床にもどり
　ごろごろと喉を鳴らす

彼らは片目でしか眠らない。

運河は子どもたちを知っている。
対岸の囲いに豚を供給する者たち

(…)

黄色足《ピエ・ジョーヌ》(4)やオルトラン(5)を狩る者たち
マングル(6)の黒い水辺で蟹を漁《すなど》る者たち
悪臭紛々たる汚物をもって日暮れに
　屎尿を流す者たち
運河はトタン板を張った小屋が立ち並ぶ路地を
　駆けまわる子どもたちを知っている。
道　路地
町のすべての道は運河へ下っている
町のすべての道は水の中に足をひたしている
足あるいは頭
足があるところ　道の頭があるところ
道の頭にはバルコニーのある家がある

瞼を閉じた家々、ブラインドのまつ毛を
　しばたたかせ、北部の木で作った指を合わせる、
　長い年月の灰色の立坑の下に不朽の長い板床
古い家具がきちんと並んだ黒ずんだ木の小さな
　客間がある家々
静かな客間
不感症の女のような冷たい客間
次第にコンクリートやガラス板に取って代わられ
ますます冷たくなった
二階につながる螺旋階段の下の客間
未知の世界のような見知らぬ客間
思いもよらぬ欲望と冷たい霊安室のような
　空気に包まれ客間
今後は忘れられる運命になる客間
単に忘れられる客間
あまりに簡単に忘れさられる客間

運河はそうした一切を通りの子どもから
　聞いて知っている

回廊から中に入る通りの子ども
月の魚を持ってくる通りの子ども
何かの使い走りをする通りの子ども
通りとマングローヴの子ども
汚いことばと裸足の子ども
ネズミ捕りと蟹
工場裏のサトウキビの絞りかす[7]を敷いた
　泥土でする絶望的なサッカー
対岸にあずけた豚
汗みずくの黒ん坊の子どもの強烈な臭い
けして対立しない
静かな黒いこの水と同じくらい
　深い子どもの眼差し
頭と足は一つになることができるか？
頭のない人間の神話
足のない人間の神話
足もなく頭もない町は自らの
　無知の裸形の中にある
町は運河の日々のことばに取り乱す

子どもが理解しようとすると
町は突然車でしゃっくり
知っているつもりだった町
もはや知らない町……

（…）

運河は町を迎える

その腐った水
その恐るべき虫歯

運河は人間の古い犬歯を受け取る
人間というやつの唯一の歯だ
犬歯　犬歯だけ
臼歯でもなく
切歯でもなく
町の顎を開いてみろ　道の歯茎に家々の
　尖った歯並が並んでいる
犬歯　犬歯だけ

人間どもを貪り食らうには
犬歯が本当の歯
歯の中の歯
日が照ると
空が水面に影を映す
運河にはない歯
人間だけが犬歯をもつ
肥えた大地に咬みつくために
獣の喉に咬みつくために
娘の尻に咬みつくために
人の心に咬みつくために
すると血はシロップ[8]となって流れ出す
　道や広場に
客間やバーに
学校の黒板の上に
教会の祭壇の上に
血はみんなが舐めるシロップ
ピチャピチャと音を立てて
血の海ができたいたるところで

そしてすべての人間は犬歯をむきだして笑う
　動脈がどくどくと流れるかぎり、思い切り
　あらゆる苦悩を傾けて
人生は深い布地
町の人々はそこに身を転がし
喉をがくがくと鳴らす
人生は金箔に覆われた深い布地
　刺繍や長い房飾りでいっぱいの
父親は珍しいご馳走の一皿　つけあわせ付き背肉
　料理と引き換えに娘を冷血漢に引き渡す。

（…）

運河は忘却である

時代は忘却基調である
人間的なものの死が忘却を聖別する
家々の棟は完璧
ガラスや金属は完璧
すべて完璧

ここでは詩人たちの出番はない
すべて完璧
詩人たちは立ち去るべし
自動車は自動車
車輪のついたクロム鋼板ではない
すべて完璧
完璧にプログラム化されている
土手がコンクリートで固められる
直角儀で稜角が作られて
塵芥と錆びた車の残骸の
集積場の傍らに
いやなことは避け
忘れてしまえばすむ
なぜなら太陽はシロップで
われらがたるんだ喉もとへ
太陽に向かって大きく開けた
口から流れこむのだから

（…）

そして川は運河になった
運河！　運河はどうなったか？
そしてわれわれは……
地球の大海原に
ピチャピチャ舐められている
岸辺
地球の大海原に
打ちよせられた
難破船の残骸
我らが腕はすべての沖に
　開かれた凹凸の複雑な入り江
我らが眼窩は凪いだ波間に捨てられ
　ただよう海草のくぼみ
我らが心臓は耳を聾する怒濤の洞窟
岸辺
我らが口は緩慢な潮の流れに砂で埋もれ
　イシサンゴの開かれた美を言えない
岸辺
相反する風に圧されて　人間性は我らが

記憶の縁に座礁する
入り組んだ流れの水飛沫《しぶき》　深いところでは
鉄と火のサンゴに結合された青いことばを
こきまぜて流れていく
岸辺では歩道が飽くなき貪婪な肉体に
土寄せしている
敷石と血と墓場の巨大な架台の足元に
硬直した腹が崩れ落ちて堆高くなった町
千年の昔から何時間にもわたって跳ねる
大きな鮫が巡回する海底の砂塵
巨大な難破と小枝の太陽のねじれる中で
邸宅と小屋の耳を聾する嵐の砂塵
腹を割かれた工場の破局　長きにわたって建設され
肉と血の巨大な漆喰が破られた工場
岸辺　おお　岸辺
町と運河
すべての不幸を享楽する長い舌
町と運河
すべての享楽から癌を作る長い舌

運河
彼も岸辺だ
幾多の到着と出発
幾多の別離と腐敗
岸辺　おお　岸辺
我らが体は分解し数個の石と二葉の海草
　不易のスロー・フォックス・トロットを踊る
　無限の海の水の数滴となる

（1）カリブ海の仏領の島の山（丘陵）はモルヌ morne と呼ばれる。
（2）マントゥ mantou は紫色のマングローヴに生息する蟹。食通に珍重される。
（3）ザガヤ zagaya は海の岩場に住む小さな蟹。
（4）黄色足 pied-jaune は鳥の種類と思われるが不詳。
（5）オルトラン ortolan はズアオホオジロのこと。美味で珍重される。
（6）マングル mangle はマングローヴに生育する木で白マングル、灰色マングルなどがあり、丈は三メートルから十二メートルにおよぶ。
（7）サトウキビの絞りかすは「バガス」bagasse と呼ばれる。
（8）カリブ海で「シロップ」sirop といえばサトウキビから絞った原液のことである。

エルネスト・ペパン

エルネスト・ペパン

エルネスト・ペパン Ernest Pépin は一九五〇年にグアドループで生まれた。島の師範学校を卒業後、ボルドー大学で文学の学士号・修士号を取得。カリブ海に戻って、マルチニックおよびグアドループで教職に就いた。現在はグアドループ県議会文化担当部長をつとめながら、活発な創作活動を行っている。序章に書いたように、筆者が最初のカリブ海旅行で世話になった案内人の一人で、一九九七年十月に一橋大学の招きで来日している。詩人・小説家としてかなりの数の作品を発表してきたが、以下に訳出するのは一九九〇年にキューバの文化センター「諸アメリカの家」Casa de las Americas 賞を受賞した詩集『自由なことばの炙り焼き《ブカン》』*Boucan de mots libres*, Poesia Casa de las Americas, 1991 から冒頭の長編詩「わが郷土《くに》のことば」*Paroles de mon pays* である。なお「炙り焼き」と訳した boucan という言葉はカリブ海では原住民が木を燃やしていぶした肉およびその製法（燻製）をいう言葉である。そこからboucanier「肉を焼く連中」というと、古くはサン＝ドマング（ハイチ）の密林で野牛を狩って燻製にしていた森の住人（無法者）を指し、転化して、カリブ海地域を根城とする海賊を意味するようになった。

＊

わたしの郷土《くに》のことば　*Paroles de mon pays*

夜話の狂った花粉
苦痛のプランテーションの遠い昔
死者たちは
夢の卓上の
忘却の砂の中を流れる
乾季の叫びが風の脇の下に
火をつける
海の四辻で酔っ払いが
火山の盃でラム酒を悪魔祓いする
ことばを吐く

＊

わたしの郷土《くに》のことば
うむことのない囁き
異教徒の口に十字架
唇の古物商に秘密を漏らす
うつろい易いことば
干潟の味
気障な執達吏《ユイシエ》
語り部は夜の荘厳な鍵を回す
ことばが巡回の目の中で光る
彼はことばの上を歩く
キリストが水の上を歩いたように
わたしたちに残された唯一の粘土《リモン》
夜はそれを満月のシロップのように
糧とする

*

わたしの郷土《くに》のことば
ひそかなどよめきとなって
わたしたちの沈黙の収穫の内に

いっきに落ちてきたことば

ことばの幼虫は
夢の河口で
妄想を吐き出す
クレオールの光の乳房を
幾多の嫉妬深いことばの
嵐の中で吸うわたしたち
ああ地球が正義の蹄の
一頭のサラブレッドで
あったなら……
太陽が昼間の金魚鉢の
武装した魚ではなく
金色のシャビーヌ(1)の踊りを
わたしたちの心のフロアーで
踊ったら……
月が自分こそ夜の中心だと
思ったら……
島々が海を魅するための

蛇の跳躍だったら……
サトウキビが風の砂漠に
すぎなかったら……

＊

預言者たちのことば
恐れ多い名前のように
槍の先にかかげられ
傲慢の小箱に入れられて
クロトン(2)と夾竹桃の結婚みたいに
ブーガンビリアの舞踏会のように
ココヤシの神秘の槍は
瞑想に耽っている
火炎樹《フランボワイヤン》の打ち上げ花火
ガボンのユリノキ(3)のオレンジ色の愛撫
　我が沈黙の宝のすべてが
　画家たちの我慢強い共謀に
　警告を発している

*

粉に挽くことば
市場の顎の中で
ことばを沈黙の
貨幣として安売り
するために
お盆と棚のことば
シャシャ[4]みたいに揺すられ
種が欲望
食欲と呼び声となる
ことばが口きり一杯
それでも
パンノキから落下し
ヤマイモの穴から抜かれ
玉座には
小さなベンチ
その上に貧困が
うずくまる

＊

わたしの郷土《くに》のことば
突然町が恐慌に襲われる
ある噂が
　　雨のように不安のトタン
　　屋根に打ちかかる
棒男(5)が夜の門扉に錠をかける
うかつな女性はご用心　破廉恥漢にご用心！
見たぞ
棒男をこっちのほうで
棒男をあっちのほうで
そして夕べは普段の皺にさらに深刻な皺を刻む
朝はことばの暴徒の様子をうかがう代書人《スクリーブ》
棒男がレイプした
　　レイプした
生娘を
ひっくり返し

引き裂いた
肉体の上を下への大騒動
町はもはやモロコイ⑥亀さん
苦悩の甲羅の下で
恐怖は巡回する
棒男が
　通る　また通る
棒男が去っていく
撒かれたことばの火薬みたいに
そんなことがあったよな
暗い道があちこちにあった時代……
そんなことがあったよ……

＊

わたしの郷土《くに》のことば
海は光の乳液状になって
血塗れの泡の混入に
とりつかれ
カレンダ⑦を踊る

封土となった海
青い血の笑いの海
波の軍隊が
衛兵に立つ
陸地は断崖の跳ね橋を立てる
陸地はパンチから身をかわし
逆らわずに風の方向に身をかしぐ
陸地は湾の罠を張る
陸地は入り江と小島の襞を用意し
原初の雄羊の運命に逆らわず
海は塩水の腰の激しい運動を
続行する

＊

わたしの郷土《くに》のことば
木々の乳房へ上がってくる樹液
夕べの乳房にたちこめる霧
祖先たちは後ずさりして
忘却の仮面を脱ぐ

生者を並べ立てるものは数を知らない
わたしは死者を並べ立てる
夜はすべてを売って息絶えた通りを
　靴をひきずって歩く
たった一匹の痩せた犬が壁を背に
困窮して立ち止まる
歩道の蠟燭が血の滴る形を取ることがある
彼のために祈れ
サイクロンの握力に砕かれた首
バナナの木は我らの敗者に似ている
彼のために祈れ
彼の名前がたとえ
ことばの帷子《かたびら》の上の
影が作る甲冑だとしても
彼らのために祈れ
赤肌とエジプトの女王たち
サヘル(8)の砂の下に斃れた者たち
パリの地下鉄の構内を
狂ったように回る者たち

彼らのために祈れ
沈黙の篩《ふるい》にかけられた者たち

*

わたしの郷土《くに》のことば
ことばのカーニバルに
わたしたちはあるゆる仮面をつけた
コンゴの仮面
反－世界よりもなお黒い
悪の死骸
　　さらしものにされた
自分自身に対する恐怖として
鞭の湯気が立つさなかの嘲笑
モコ＝ジョンビ(9)
町のカウントダウンを越えて
踊り跳ねるココヤシの木みたいに
しかし時にはカーニバルが
カーニバルの時期ではなく
日常生活の中に

普段の人通りの中に
日常的に忙しい心の中に
広告欄に
血の気を回復することがある
時には
カーニバルが商品と一緒に船から
降りてくることがある
ショーウィンドーに見えるのは
　　大音響の音楽を
　はじけさせる仮面の筒
　空虚な真実の反映を
放射する鏡たち
時には
カーニバルがカーニバルの
狭すぎる床から出ることがある。

*

わたしの郷土《くに》のことば
金褐色の光に包まれた人々

久しい以前から彼らの叫びが広がる
世界の成長のすべてから排除されて
いつまでも変わらず
ことばが腹を浮かせて
死ぬ川にも似て
もはや何も言うことがなく
どんな格言も
古すぎて役立たず
さすらいの道を行ったり来たり
われらが持ち帰ったものは
　　蔦の長い狂気に
　吊るされた色彩の花束
あれほどの往還から
われらの根は蛇の
巣穴に混在し
灰や粉のように
混在し
これらすべての場所
これらすべての神々は

わが血の腐植質の中に分散し
潮に係留され
火山の子宮に苦悩の創世
そしてラムの呼び売りの背後に
狂気の待ち伏せ
すべての記憶は廃墟に移され
　　　　石から石へ
死者たちの不可視の抑圧を超えた
強者の恥辱

＊

そしてわたしたちは浅瀬を探す
ことばの傷ついた輪郭の中に
笑いの裂け目の中に
太鼓の伝承の中に
魔術的な治癒の浅瀬
非－知の錯乱した無垢の浅瀬
失われた愛の浅瀬を

*

わたしの郷土《くに》のことば
日が昇る
夜の塵が
襤褸の襞の中を旅した
樹木はわたしたちに新たな温もりを知らせた
夢の皺をのばすときだ
コーヒーの湯気の中で
草は経血のにおいを発し
一日の晴天を歌う
水車の音
母親の足音
台所の裏の水は
貯水槽と錆の中に屹立し
生者への献身で
生活に新鮮なマンゴの味を与える
麦藁帽子の下に
夜の攻撃を押し黙らせて

女たちは畑に向かう
彼女たちの体から
飛び立つ多くの傷を
葉の茂みが朝露の
うるおいの中に
引き取る
パイプの優しさが
ベンチの蹲踞者に
郷里《くに》の心奥の夜を
告知するだろう……

（1）シャバンは肌が白く顔立ちや髪の毛がネグロイド系の白人と黒人の混血児をいう。シャビーヌはその女性形。
（2）クロトンは熱帯産トウダイグサ科ハズ属の総称。垣根に植えられ、鑑賞用植物としても親しまれている。
（3）「ユリノキ」tulipier は北米原産の花がチューリップに似た樹木。
（4）「シャシャ」chacha は瓢箪の実 calbasse の中に種を入れて振るリズム楽器。
（5）この詩連で歌われている「棒男」が後のペパンの出世作・小説『棒男』（一九九二）の構想の源になったものと思われる。
（6）「モロコイ」molocoye はクレオール語で「のろま、のろのろする」の意。
（7）「カレンダ」calenda はカリブ海の踊りの一種。男女がそれぞれ列を作って向かいあい、太鼓のリズムに合わせて、近づいて、さっと下半身を入れ込むようなポーズをするエロチックな踊りとして知られる。
（8）サヘルはサハラ砂漠の南縁部に広がる帯状の半乾燥地帯の名称。
（9）「モコ＝ジョンビ」Moko-Djombi はカリブ海のカーニバルの仮装人物の一つ。巨大な竹馬に乗って、器用に踊り回る道化を演じる。djombi は zombi（「ゾンビ、死霊」）のなまったもの。

あとがき

本書は二〇一二年四月に刊行された『《クレオール》な詩人たちⅠ』の続巻である。Ⅰ巻の「あとがき」に書いたように、もともとは「現代詩手帖」に二十回にわたって連載されたもの（二〇〇六年一月号～二〇〇七年八月号）を、単行本として刊行するに際して大幅に加筆したため、二巻本として世に問うことになったものである。その限りでは、Ⅰ巻につづけてⅡ巻が刊行されることは既定の方針であり、読者もそのように受け取ったことであろう。筆者もまたそのように思っていた。ところがⅠ巻の刊行から間があき、筆者も新しい仕事にかまけているうちに、五、六年の歳月が夢のように経ってしまった。筆者の年齢も喜寿を過ぎ、今のうちに何とか手を打たなければ、このまま端本になってしまいかねないという恐れが出て来た。そこで出版社を変えてでも、Ⅱ巻に登場する詩人たちを日本の読者に紹介する機会はないものかと思案し始めた。それにしても、初校のゲラが出ているのだから、いちおう元の出版社に一言ことわるのが筋だろうと考え、思潮社に短いメイルを送ったところ、早々に編集長から返事が来た。意義のある立派なお仕事であると思うので、当社に残されたゲラをご自宅にお持ちしますから、校正をすすめて下さいということになった。思いがけない展開に驚いたが、あかぬけしたⅠ巻の装丁など気に入っていたので、渡りに舟と、早速、見直しに取り掛かって出来上がったのが本書である。

本書に登場する詩人たちは、巻頭のニコラス・ギエン、ジャック・ルーマン、マグロワール＝サン＝トードの三人を除くと、ルネ・ドゥペストル、フランケチエンヌ、モンショアシ、テレーズ・レオタン、アンリ・コルバン（二〇一五年四月マルチニックで逝去）、ロジェ・パルスマン、エルネスト・ペパンの七人は、すべて筆者がカリブ海の島々（マルチニック、グアドループあるいはハイチ）で出会い、交流した詩人である。その中には、筆者がさまざまな基金の助けを借りて日本に招待した者も少なからずいる。彼らとの出会いや折々の交流については本文に記したので、ここで繰り返すことはしないが、I巻よりも個人的な写真や私事におよぶ記述が多いのはそのためである。

雑誌連載から十年、I巻の出版から五年の時間が流れて日の目を見ることになった本書を読み直し、あらためてI巻の内容にも目を通してみると、ある種の感慨を禁じ得ない。カリブ海に初めて出かけた一九九七年から数えると、実に、二十年の歳月が流れている。話題性・新奇性が不断に要求されるメディア界において、〈クレオール〉とは何のことかと、今一度説明が必要かもしれない。そのブームの発端となった『クレオール（性）礼賛』の著者の一人ジャン・ベルナベも、本年、世を去った。幸い本書に登場する〈友人〉たちはまだみな存命だが、一九二六年生まれのドゥペストルは九十一歳、フランケチエンヌも八十一歳である。二十年前にマルチニックで会ったときの風貌が保たれているので、いつまでも若い人だと思っていたモンショアシも六十八歳である。

ドゥペストルは昨年（二〇一六）九十歳を記念するかのように、パリの出版社から『ポッパ・シンガー』*Popa Singer* という自伝的な小説を出している。電子版が送られてきたので、お礼を言おうと思って、出版元へ著者の連絡先を問い合わせると、（相変わらず）メイルは使っておらず、村のファックスにメッセージを流すか、電話するほかないということなので、そのままにしてしまった。小説は彼の故郷ジャクメルを舞台に展開する怪奇で人間味溢れるまさに〈クレオール〉な物語である——ルノドー賞を取った『我が幾夜の夢のアドリアナ』を彷彿とさせる内容だが——文章が澄んでいて高齢な大作家の到達した境地をうかがわせるに足る名品である。

同じハイチ人のフランケチエンヌに久しぶりに——二〇一〇年にハイチの首都を直撃した巨大地震（「巨大地震に見舞われたハイチの《文芸》と《復興》」が二〇一〇年の「すばる」五月号、八月号に二回に渡って掲載された）のときにメッセージと写真を送ってもらって以来——メイルで「お元気ですか？　あなたの初期の長編詩「朝まだきの馬」の抜粋とスピラル作品を紹介したカリブ海詩人のアンソロジーが近く上梓されます」と書いたら、次のようなメッセージが送られてきた。

「親愛なる邦夫、アンソロジーにカリブ海詩人の一人として私を取り上げてくれたという知らせを受けて嬉しく思っています。また「朝まだきの馬」を選んで、その抜粋を日本語に訳してくれたことに感謝します。妻のマリー＝アンドレと一緒に一九九九年に魅惑に満ちた君の国を訪れたときのことを今でも思い出します。君が私のフランス語やクレオール語で書いた作品にずっと深い関心を持ち続けてくれていること、特に我々の〈宇宙〉の混沌と多様性を描くエクリチュールである〈スピラル〉に理解を示してくれたことを心に銘記しています。私は、寄る年の波にもめげず、あいかわらず〈スピラル〉という絶対的かつ多次元的な構造に基軸を置いた作品を書き続けています。私は私の作品が、謎めいた、予測不能なこの世界の複雑さの一端に触れていることを確信しています。親愛の情をこめて抱擁《アコラード》、末永い健康を祈って、両頬に接吻《グロス・ビーズ》、フランケチエンヌとマリー＝アンドレより。」

かくして、『《クレオール》な詩人たち』Ⅰ・Ⅱ巻で取り上げた詩人たちも、すでにこの世を去った者（セゼール、グリッサン）、高齢に達した者（ドゥペストル、フランケチエンヌ）、そしてより若いその他の詩人たちも喜寿を越えた者、ほどなく喜寿を迎える者たちである。なお存命の詩人たちが今後どのような作品を発表するかは筆者のあずかり知らぬところであるが、ありていに言って、彼らの活動もおもむろに終息に向かっているといっていいだろう。そして本書は限定された一地域の一時代のポエジーの記録という側面をあらわにしてくるに違いない。（二〇一三年はエメ・セゼール生誕百年の年にあたり、世界各地で記念行事が行われた。筆者は同年六月にマルチニックで行われたシンポジウムと九月にフランスのスリジー・ラ・サルで行われたシンポジウムに参加して論考を発表した。なお日本の雑誌に以下の文章・論考を発表した。「《生誕百年》を迎えたエメ・セゼール」（「群像」二〇一三年十一月号）、「エメ・セゼール《生誕百年》」（「ステラ」三二号、二〇一三年））。本書の基本コンセプトである〈クレオール〉はカリブ海の島々だけに限定されたものではない。フランス語を土台にしたクレオールというなら、インド洋に浮かぶモーリシャス（共和国）やレユニオン（仏海外県）も射程に入ってくる。前者はル・クレジオの故郷、後者は高踏派の詩人ルコント・ド・リルを生んだ島である。また〈クレオール〉の意味を本当に理解しようとすれば、詩だけが問題になるわけではない。Ⅰ巻で取り上げたグリッサンは詩人だが、アンティヤニテを深く掘り下げ、アンティルの奴隷たちの〈根下ろし〉をテーマにした深くかつ難解な小説を書き遺している。その後をつぐシャモワゾーやコンフィアンも重要な小説家である。グアドループは女性小説家シモーヌ・シュヴァルツ＝バールやマリーズ・コンデを輩出している。特にマリーズ・コンデはアフリカ諸国で長く教職に就いた経験をもち、パリ時代を経て、アメリカに渡り、最後はニューヨークの名門コロンビア大学で教鞭を取った、視野の広いスケールの大きな小説家である（二〇一一年十二月、グアドループ県に所属するデジラード島の中学校に彼女の名前が冠されることになり式典が行われた。筆者は招かれて武漢から飛行機を乗り継いでその式典に参加した。帰路マルチニックに一週間ほど立寄り、旧知の友人たちに再会し、セゼールとグリッサンの墓参をした。そのときのことを記した紀行文「カリブ海の光と影」が二〇一二年の「現代詩手帖」九月号、十月号に二回に渡って掲載された）。

こうしてみると、『《クレオール》な詩人たち』Ⅰ・Ⅱ巻が扱った範囲は大きな問題系の中のほんの一部であることがわかる。しかしそれが直ちに死文の山とならないのは、そこに示唆されている多様な問題が現代社会、近未来社会の問題——民族抗争、宗教戦争、ネオコロニアリスム、貧富の差など——に直結しているからである。〈クレオール〉の前史に〈アンティヤニテ（カリブ海性）〉があり、それに先立って〈ネグリチュード〉の運動があったことはI巻で述べた。これらの潮流を、歴史的にたどりなおせば、地上に四散したすべての黒人に〈母なるアフリカへの回帰〉の呼びかけがまずあり、ついで、四散した奴隷の子孫たちはそれぞれの地において〈根下ろし〉することこそ重要だと唱えられ、最後に、〈複合的なアイデンティティ〉を標榜し、「この地上に純粋な血筋などない、すべては混血・混淆である」と間口をグローバルに広げた運動が起こったのである。二十一世紀の五分の一がほどなく過ぎようとしている今日、かつてAA諸国（アジアとアフリカ）と呼ばれた広大な後進地域が、世界をリードし始めている（一九五五年にインドネシアのバンドンで開かれたAA会議のことが興味深く思い起こされるが、セネガルが独立する以前のサンゴールはフランスからその会議に参加し、翌一九五六年にソルボンヌで開かれた第一回黒人作家・芸術家会議の演説の冒頭でその意義について語っている）。中国やインドのめざましい勃興は世界経済の勢力地図を塗り替えつつあるが、同時に、資源をめぐる争いも激化し、豊富な資源が眠っているアフリカ大陸が一つのターゲットとなり、強大な資本力と労働力をもつ中国の進出がいちじるしい（例えば、Howard W. French: *China's second Continent — How a million migrants are building a new empire in Africa.*（ハワード・W・フレンチ『中国第二の大陸アフリカ——一〇〇万人の移民が築く新たな帝国』栗原泉訳、白水社）にその一端が生き生きと描かれている）。

二〇一〇年から中国の大学で仏文学を教えている筆者は学生たちの関心が急速にフランス文学からフランス語圏文学へとシフトして来ていることを肌身で感じている（もちろん学部の学生たちにとっては、

仏語圏アフリカへ進出する中国企業の要請に応えて、高給な仕事の口が見つかることが、仏語習得に励む主要動機である）。例えばこの秋、筆者は武漢でセネガルの詩人サンゴールの詩と詩論を講じている。サンゴールを講じるのであれば、彼の編んだ黒人詩人たちのアンソロジー、そのアンソロジーの序文としてサルトルが書いた論文「黒いオルフェ」、その中で大きく取り上げられたエメ・セゼール、そして、〈ネグリチュード〉運動に言及しないわけにはいかない。それはやがてファノンやグリッサンにつながり、〈クレオール〉のメッセージにつながるだろう。もちろん、サンゴールを通して、アフリカの仏語表現文学の誕生と現在というパースペクティヴも必定である。学生たちには「世界は経済原理が支配的になっているが、人間社会は経済だけで出来ているのではない。アフリカを単なる一攫千金の夢をかなえる大地として搾取しつづけるのであれば、やがて、手痛いしっぺ返しを受けるだろう。是非、彼らの文化・文学へアプローチし、その研究や保護のための目配りを忘れないで欲しい」と言ってきた。中国もインドも、そして、まさにアフリカも多民族・多言語国家である。彼らが国家の内部に抱え込んでいる問題に対する示唆が〈クレオール〉というコンセプトには様々な形で含まれているように思われる。いつの日か本書が中国語に翻訳され、多くの矛盾を抱えた超大国中国で、ささやかな知的貢献あるいは警鐘の役を果たせる日が来ることを夢見る次第である。

末筆ながら、本書の出版に関して起死回生の機会を与えて下さり、色々お心遣いをいただいた思潮社の高木真史編集長、字句の校正や写真・図版の組み入れなどの実務を引き継ぎ丁寧にフォローして下さった出本喬巳編集員に衷心より感謝の意を表したい。

二〇一七年十一月十五日、武漢にて　　恒川邦夫

略歴

恒川邦夫（つねかわ・くにお）

一九四三年生。東京大学博士課程中退。ソルボンヌ（パリ第3）大学文学博士。一橋大学名誉教授。華中師範大学（中国湖北省、武漢市）客員教授。専門はヴァレリー研究およびカリブ海・インド洋・アフリカ仏語圏の言語文化研究。主な著訳書に『レオポール・セダール・サンゴール詩集』（共訳、日本セネガル友好協会編、一九七九年）、『ポール・ヴァレリー集成』（全六巻の企画・監修・翻訳、筑摩書房、二〇一一—一二年）、『フランケチエンヌ——クレオールの挑戦』（現代企画室、一九九九年）など。その他、英語・仏語・日本語による論文多数。

《クレオール》な詩人《しじん》たちⅡ

著者
恒川邦夫《つねかわくにお》
発行者
小田久郎
発行所
株式会社 思潮社
〒一六二―〇八四二　東京都新宿区市谷砂土原町三―十五
電話〇三（三二六七）八一五三（営業）・八一四一（編集）
FAX〇三（三二六七）八一四二
印刷・製本所
三報社印刷株式会社
発行日
二〇一八年三月二十日